旧欢如梦

亦舒 著

人民东方出版传媒
東方出版社

北京市版权局著作权登记号：图字：01-2014-8299号

图书在版编目（CIP）数据

旧欢如梦 /（加）亦舒著. —北京 ：东方出版社，2014
ISBN 978-7-5060-7928-0

Ⅰ. ①旧… Ⅱ. ①亦… Ⅲ. ①短篇小说－小说集－加拿大－现代 Ⅳ. ①I711.45

中国版本图书馆CIP数据核字(2015)第004514号

旧欢如梦
(JIUHUAN RU MENG)
（加）亦 舒 著

责任编辑：辛岐波 郭淑敏
出 版：东方出版社
发 行：人民东方出版传媒有限公司
地 址：北京市东城区朝阳门内大街192号
邮政编码：100010
印 刷：三河市金泰源印务有限公司
版 次：2015年5月第1版
印 次：2015年5月北京第1次印刷
开 本：880 毫米×1230 毫米 1/32
印 张：6.5
字 数：139千字
书 号：ISBN 978-7-5060-7928-0
定 价：25.00 元
发行电话：（010）64258117 64258115 64258112

目录

错 ... 001

诡计 ... 018

过去 ... 036

寂寞小姐 ... 052

旧欢如梦 ... 069

拍戏 ... 086

情书 ... 103

少爷 ... 119

赛车手 ... 136

一张书桌 ... 153

雨天 ... 169

照片 ... 186

错

她来敲门，要找菲腊。我觉得奇怪，菲腊出去了，跟他的未婚妻出去了，他订了婚几乎近五年，虽然到处玩着，始终还是回到这个未婚妻身边的，她为什么找菲腊？

她是一个好看的女孩子。她站在门口敲门，说："我找菲腊。"她的眼睛温柔得像鹿的眼睛，褐色的。她的黑发漆亮，她的衣着完美，但是她的脸色苍白。

她找菲腊。

我说："菲腊不在。请进，我在做茶，要喝一杯？"

她点点头。

我请她坐，她坐下来。

我帮她脱大衣，她穿着件高雅的裙子，很纤细。我有点诧异。菲腊这人趣味很低，极少跟这么秀气的女孩子来往，他喜欢那种高大的，粗壮的，结棍的，浑身是肉的女人。这个女孩子不合他口味。

我把茶给她，把火弄高了，好使她暖和点，落了三天雪，冷得不像话。

“他几时回来？”她问我。

我歉意的答：“我不知道呢。”

她点点头。

菲腊从来不说几时回来，回来的时候，必然把他的未婚妻也带来睡，老实不客气的，也不避忌人，到处搂搂抱抱，有时候我装作看不见。

她找菲腊，如果等到他回来，更不高兴。

我说：“或者，你有什么话要留下来？”

她抬起了头，下巴是有棱有角的，她说：“不用了。”

“贵姓？”

“我姓王。”

“王小姐。我姓陆，陆家明。”

“陆先生好。没妨碍你工作吧？”

“没有。”我说，“我……不过在做功课。”

“菲腊说你在皇家学院念物理？”她问。

“低温物理。”

“他念化学。你们常常见面？”她问。

“并不，”我说，“不同一系，学校大得很。他今年是最后一年，春天前应该毕业。”

她点点头：“我知道，他告诉过我。他是我哥哥的朋友，以前他在曼城理工学院的。”

“啊。”我放心了，“是你哥哥叫你来带话？”

"不，我哥哥已经回家了。"

我的心又忐忑不安起来。菲腊这种人是石灰箩，走到哪里，必然留下一点迹子，我早告诉他，这样做没什么好处，他是不听的，他的逻辑是，得风流时且风流，只要两不吃亏就好。这两年来我与他同住，很惹麻烦，有不少女孩来闹过，多数打烂几个杯子就走了，很少这么斯文的，跑来坐着，喝着茶不出声。

我在等她开口。

她慢慢地说："我喝完了茶就走。"

"不忙，我有空。"虽然这么说着，我却怕菲腊回来，她看到了不高兴。

她抬起眼来，很了解的笑一笑。

她问："你身上穿着的，是皇家学院的球衫？"

"是。"

"菲腊说他会送一件给我。"她微笑说，"他答应的。"

她年轻，她说话的时候，仿佛菲腊心中只有她一个人。

叫我怎么向她解释？菲腊不是一个坏人，他不骗女孩子，他只是使女孩子心甘情愿的上当，事后他并不负责，女孩子们也很明白他的为人，也懒得叫他负责，于是他又回到这个未婚妻身边去了，这未婚妻因长得丑，非常认命，她父亲也就一直负担着菲腊的开销，学费。

可是这一次，这个女孩子有种特殊的气质，她的漠然，她脸上的结郁，她的清秀，都不是那种随便的女孩子，既然不随便，就不该向菲腊这种男人接近，她究竟是哪一种人？我不明白。

她缓缓地喝完了茶，站起来说："我明天再来。"

"我叫菲腊等你，明天下午？"

她点点头，"谢谢。"

我帮她穿了大衣，替她开门，她走了。

我回到客厅，发觉她掉下了一只手套。她一定有重要的事跟菲腊说，她精神并不集中，虽然尽量维持着安静，却还是恍恍惚惚的。

我惋惜地想，这么好的一个女孩子，菲腊这一次错了。

他是吃了饭才回来的。这些日子来，只有他说："喂！家明，没钱了，请我吃饭。"从来没有他请我吃过什么。他是一个精明的男人。只是他聪明，好学，少有的动力。啊还有一点，他长得漂亮，菲腊是一个少有的英俊男人。

他回来的时候说："咦，你一整天都没出去？"

他未婚妻钻到房间去了。

我趁机拉住他，"有人找你。"

他一怔："谁？"

"一个姓王的女孩子。"

"王——啊。"他说，"有什么事？"

"你该知道。"我看着他。

"我跟她没有事，早完了，她知道我明春就得结婚的，又不是没跟她说过，她跟我吵了起来，说以后不要再见我，怎么现在又自说自话地来找我？真麻烦，这种女孩子就是这样！当初说好玩玩的，后来又要霸住我。她说些什么？"

我说："什么话都没有。你倒是骂了她一顿。"

"真的什么话都没有？"

"她说明天再来。"

"发神经！"菲腊说，"我未婚妻在这里！她几时来？我要避一避，家明，帮帮忙。"

"她是一个可爱的女孩子。"

菲腊笑着："所有的女孩儿，一认真就不可爱了。"

我沉默。

"但凡肯跟我玩的，也一定肯跟别人玩，我一个月没见她了，如今她来找我，有什么事，找我负责？我又不痴不傻，当然避之则吉，不然怎么样？"

"不一定有什么事。"

"没有事还来找我？她又不是找不到男朋友。明天我决不在家，不到半夜不回来。"

"她看上去很骄傲，不一定要求什么。"

"骄傲什么？骄傲也不会上门来了，女人总要等男人上门去啊！"

我忍不住了："当初是她先找你的？"

"这——"他呆一呆。

"是不是？"我重重地放下杯子。

"双方情愿的，家明，我可不是强奸犯。"他无可奈何地说，"大家都超过二十岁了，你叫我怎么办？"

"两个人都糊涂！"我叹口气，"也许糊涂的是她。"

“是她。她不该来找我。我一早告诉她我订了婚，可是女人就是滑稽，她要证明她有魅力，可以自别的女人怀里把我抢过去，失败了却不甘心，现在她想闹什么？我可不怕，我避着她，是给她面子，见了她，我说几句不客气的话，她可受不住。”

“你真不怕？”

“怕什么？怕她寻死？这是什么年代了？像她这样出来玩的女孩子，红黄蓝白黑什么没见过，还是林黛玉不成？也不知道什么心血来潮，找上门来，不然照她那性格，这上下恐怕连我姓什么都该忘了。”

我低下头不出声。

“家明，你心里一定骂我是杀千刀的？”

我没有看他，回到房间去了。

菲腊真是天才。

照我就不行。我躺在床上想，喜欢一个人是一个人，我是负责任的，有了未婚妻就好好的，绝不会到处玩。虽然女孩子应该对她们的身体与感情都当心，但是女人……女人是容易犯错误的。

就是连这个姓王的女孩子也不例外。这么脱俗，也被菲腊形容成这样。菲腊一点感激的意思都没有。至少他应该感到荣幸，这么好看的女孩子肯陪他上床——或者他以为任何女人都会对他倾心吧？

真划不来。

这年头，女孩子打算跟男人睡觉，只好当是一种娱乐，像看电影，看完就算数，互不拖欠，若果妄想以肉体关系增进感情，简直是做梦！可惜女人是糊涂的，梦一直做不醒。

我替她可惜。

第二天菲腊一早与未婚妻出去了，他是说得出做得到的，无毒不丈夫。

下午我一个人在等她的门。

她来了。

她看到我的表情，她便明白了，聪明的女孩子。她微笑着，笑里有种说不出的惘然，她说："对不起，麻烦你，我早该知道，谢谢你，再见。"她回身走，我拉住她，她想挣脱，忽然之间她俯身呕吐起来。

我很明白，她来找菲腊，是因为她怀了孕。

这么不当心的女孩子，我叹口气，任她长得这么不凡。

我把手帕递给她，叫她进屋子来。她一声不响，坐在那里，我给她一杯热水。

她喝了，喘口气："不要告诉菲腊，别让他笑我。"

我点点头。

她又笑她那种笑。

我问："你认识医生吗？"

"我会想办法找一个。"

"你钱够吗？"

"足够了。"

"找个医生，越快越好，你没有选择，菲腊不会娶你的。"

她抬起眼："我也不会嫁给他。"

我一呆。

“我还有两年才毕业，”她漠然地说，“我又不爱他，他也养不起我。我如何嫁他？”

“但是——你为什么来找他？”

“我找谁呢？”她问，“我又没有亲戚朋友，也许他可以告诉我，医生在什么地方，我有钱，可是我对这地方陌生，不知道要去找谁。”

我呻吟一下。我也不知道啊！老天。

我说：“你太不小心了。”

“我知道，每个人都会这么说，我自己也这么说，你不会相信，我已是十分小心的了，只是我运气不好，每个女人都跟男人上床，只有我一个人出毛病，我也不知道为什么，研究为什么也没用，我只是想找个医生，如此而已。”

我说：“我不能帮你。”

“你是个好人，”她微笑，苍白的微笑，“其实菲腊也是好人，这全是我的错。我是这么寂寞，我需要一点温暖，即使是暂时的也好，菲腊很顺便，所以就是菲腊，我实在不该来的，可能是其他的男人……不是菲腊的错，我是一个随便的人，只怪我自己。”

她说这话的时候，眼睛只看着茶杯。

我捧着头。我不认识她。我不知道她如何寂寞，她无助，她需要帮助，我可以为她做些什么？

我说：“大学里有一本手册……里面有一段广告——”

“我知道，我去了，那里的医生很好，他们替我做了实验，他们说：你怀孕了。就是这样。”

“他们没有医生？有没有医生？”

“我去我的注册医生那里，他说：‘我不可以为你做这种事……’”

“当然有医生肯做这种事的！”

“他们在哪里？我愿意付钱。”

“我也不知道。”我也急了。

“我不可以再等了。”

“我知道，可是怎么办呢？”我问她。

“我就是不知道怎么办，所以才来找菲腊的。”

“老天。”

“我打算去求求那些医生，不过没有太大的希望，再不就求我一个女朋友，她在医院做事，但是……怎么开口呢，这年头，她会想：这个人怎么这么笨！倒不是笑我乱跟男人睡觉，况且她不过是一个护士，不见得有什么办法。”

“你没有吃药？”

“我就是吃着药丸，我真不明白是怎么一回事。”她捧着头。

我绝望地问：“你怎么办呢？”

“有一样我是知道的，我不要死。”

“可是……”

“我可以回家，不过家在一万里以外，圣诞假已经过了，如果这里没有医生——我实在不知道怎么办好，叫我找谁呢？”她把头枕在桌子上。

她没有哭。她是一个理智的、倔强的女孩子。她没有怪菲腊，是没有怪菲腊，不是假话，菲腊太有小人之心了。可是怎么办呢？

我说："你今天是请了假？"

"是，我向学校请了三天假，我无心上学。我想活下去，我觉得生命是极有意思的，虽然目前这样，我仍说我是极想活下去的，只要这一个阶段过去，我仍想好好的，洗心革面的做人。上帝真的不原谅我了？"

我说："你没有做错什么，正如你说：每个女人都这样子，只是你运气不好。菲腊的未婚妻，她跟他在一起五年了，并没有出过毛病。"

"是呀，学校里女同学，人人都有男朋友，"她苦笑，"就是我出了这种毛病。"

"跟学校说过没有？"

"我还有两年才毕业，跟他们说了，我还见他们不见？我还听课不听？他们也不理这事。"

"不会……走投无路吧？"我问。

"我不知道。"她的眼睛里都是无限的恐惧。

"穿上大衣，我与你上街去找医生。"我站起来说。

"怎么可以呢？"

"每个医生都问一问，总有一个肯吧？"

"不肯的，我们又没有订时间，又不是跟他们熟——"

我发火了："真见死不救？"

她笑了，眼泪缓缓地流下来："可是我并没有死，我只是该死。”

“你也没有错，你不过是一个人，你很寂寞，你寂寞了。”

她摇着头，只是摇着头。

可怜的女孩子。

“我要走了。”

“不要走。我只希望我是医生，真的。”

“谢谢你，我要走了。”她说，“对不起，真对不起。”

“明天来，我与菲腊说一说——”

“不要跟他说，不是他的错，我不要他负责。”

“也许他知道有医生，明天来。”

“我明天再来，请帮助我。”她说。

“别担心。”我说。

“再见。”她走了。

我的心像压着铅似的，等着菲腊回来。

偏偏他又不回来，直等到半夜，他来了。独自一个人，他未婚妻走了。

我开亮了客厅的灯，他愕然地看着我。

“菲腊，”我说，“你可知道有什么医生肯做堕胎手术？”

“谁要堕胎？”

“王小姐。”

“嘿，笑话——”

我吼叫：“说认不认识就行了，不必讲其他的……这一点也不好笑！”

“我不认识！”他说，“你以为我是什么人？”

“我的天。”我倒在沙发上。

“关你什么事？”他问，“这个女的——”

“是不关我事，”我说，“她说也不关你事，她只是请我们帮一个忙，帮她找一个医生，仅此而已，只当她是一个朋友，一个相识的人！菲腊，她的家在一万里以外，她没有亲戚，她想活下去.她有学业等着她，她还年轻。”

菲腊脸色铁青：“她其他的男朋友呢？”

“如果她有选择，她不会来的，如果这上下她死了，你真睡得着吗？”我喝问。

“这女人真是麻烦！我不认识医生！”菲腊说，“我没有强奸她，她为什么来找我？关我什么事，谁知道我走了之后，她又跟什么男人来往过？”

我不响。不知道为什么，我只觉得凄凉，无限的凄凉，浑身发冷。是的，男人错了，可以从头开始，女人就不容易，女人就不容易。

“你知道她不是那种女人！菲腊。”

“我不能负责！”

“做这种事是两个人做的，你做了你就该负责，你活该，不是你也活该！”

他掏出手绢抹汗：“我要搬家了，明年春天我毕业了，我要结婚，你替我想想，我怎么可以牵涉到这种事里去？”

“你这狗娘养的！”

“OK，我是狗娘养的！”他吼叫，“可是她又是什么？这婊子——”

“闭嘴，”我扑过去抓住他的胡子，“闭嘴！听见没有？闭上你的嘴巴！”

他挣开我：“你疯了，我现在就搬走！你疯了！”他冲进房间里，拼命地收拾东西，拿了随身小箱子就拉开大门，头也不回地走了，大门也不关好。

冷风一吹，我清醒了。我关上了门，坐在椅子上。

怎么办呢？

也许不是菲腊的错，他不知道有医生，他害怕，他逃走了。可是难题仍然没有解决，怎么办呢？

我一夜未睡，抽着烟，一夜未睡。我担心。如果我都睡不着，她怎么睡？我深深地吁出一口气。

她又来了，绝早的早上。

她看上去是这么的憔悴疲倦，她多久没有睡觉了？

我请她坐下。她问：“菲腊可起来了？”

我说：“菲腊昨夜走了。”

她失笑：“他比我更害怕吗？”

“是。”

“他不会以为我会嫁他吧？不，我不会嫁他的。我替他未婚妻可怜，将来跟这种男人生活一辈子！”

“你说得对。”

“谢谢你。”

“不，他也不知道有这种医生。”

“没关系，我今夜打电话给那个护士。”

“你还有多少时间？”我问。

“一两个星期。几乎两个月了。”

“快点找。”

“我是在找。”

“王小姐——”

“我的名字叫玫瑰。”

“玫瑰，我……玫瑰，不要怕。”

“我只是一个普通的女人，”她说，“我自然是害怕的。当这一件事过去之后，我得到的教训很大，对我将来做人，是有帮助的。你对我很好，我感激你。”

我苦笑，我能为她做什么呢？

“我不是……一个好女人。看到你这么好的男孩子，我很惭愧。我是罪人，自己要沉沦的，我活该。”她笑了。

“别这样。”我说，“别这样。”

“你可以帮我做一件事？”她忽然问。

“什么？尽管说。”

“我要去教堂祷告。”她说，“你肯陪我？”

我点点头：“现在就去。来。”

她说：“谢谢。”

我与她出门，向附近的教堂走过去。下雪了，雪如棉絮似的落下来，我扶着她，免她滑倒，我把围巾借给她。

她轻轻地唱："……愿主将我洗，使我白超乎雪……"

她的声音很轻柔。她是一个可爱的女孩子。如果她不可爱，她不会吸引到菲腊，如果她不可爱，她不会犯这种错。她是一个天真的人，以为总有人可以帮她的忙。

我们走了二十分钟，到了教堂，她走进去，脱了大衣，跪在长凳前，以手掩住了脸。我呆呆地站着，看着她默祷。她的眼泪自指缝间流出来。我默然。

她跪了很久很久。

我把她搀扶起来，我说："主已经听了你的。"

她说："谢谢你，请替我叫一部车子。"

我说："你要吃一点东西。我们去吃点东西。"

"我不饿。"

"也该吃点东西。"我说，"来。"

她跟着我走，雪还是下着，漫天遍野的白色。

我拉着她的手，她的手是冰冷的。

我们在一间中国饭店坐下，她说："我想喝点酒。"

我点点头，替她叫了白兰地，她倒在杯子里，大口大口地喝着。我没有阻止她，喝点酒也好，至少今天晚上她可以好好地睡一觉。

她没有吃饭，她喝醉了。我也没吃什么，空叫了一桌子的菜。我扶着她回去。我心里只有一个念头，我希望我的妹妹不要碰见这种事。

我没有送她回去，我不知道她住哪里，我把她安置在菲腊的空房间里。她躺在床上，跟我说着醉话。

她说："他没有送我那件球衫。"

我说："我买给你，我明天去买。"

她说："为什么你对我这么好？我这种人——"

我说："你很好，放心，你非常好，什么毛病也没有。"

她忽然问："我过得了这一关吗？"

我说："明天又是新的一天，我们再想办法。"她不响。她并没有大醉。

然后她睡了。

我熄了灯，回到自己的房中，我拿出电话本子，把所有朋友的电话都摇遍了，我得不到帮助，而且朋友的声音是惊讶的，语气是不置信的，仿佛在这个年头，还犯这种错误，简直是愚不可及的。

我心力交瘁地倒在床上，看着天花板，是的，明天又是一天，时间越来越短，她……对了，明天必须早早起来，我们去找她那个做护士的女朋友，有我陪着她，什么都比较好一点，这是一个新希望。

我辗转反侧，把床铺弄得一塌糊涂，然后才穿着衣服，勉强打了一个盹。

我醒来的时候，天已经微微亮了。我跳起来，觉得口渴，到厨房倒了一杯冷牛奶喝，然后到那边房去看玫瑰，我只看到一张空床。

"玫瑰？"我放下了杯子。

没有回音。

我走到洗手间去："玫瑰？"

没有人答。

"玫瑰！"

客厅桌子中央放着一张纸，两张钞票。我拿起纸看，上面草草地写着："谢谢你，家明，应该是我请客吃饭的，谢谢你的好意，永远不会忘记，不关你的事，不能再麻烦你。祝好。玫瑰。"

我低下了头。她走了，就这样走了。

我奔到大门前，拉开了门，雪晴了，有阳光，地下印着一行一行的车轮迹子，脚印子，她走了，没有留地址，没有留电话，什么都没有，她走了。

我颓然地关上了门。

从此以后，我没有再见过玫瑰。

我不知道事情到底怎么样。照说像她那样的女孩子，上帝会再给她一次机会。有时候我很乐观，我觉得有一天我会见到她的，一个很快乐的玫瑰，神采飞扬，笑容满面，已经征服了寂寞，开开心心地活着——她也说过只要可以解决那个问题，她会好好的活下去。

只是我再也没有见到她，我并不知道结局如何。

我倒常常见到菲腊，我以后没有与他说过话，我也不知道为什么，我只是不想再与他说话了。

玫瑰说得对，那是她的错，她应该负责，因为她运气不好，但无论如何，我是不想跟菲腊说话。

过了一个学期，我也搬了家。

诡计

庄两夫妻来了电话，叫我去吃饭。

我认识庄他们有十年了。他们是好朋友，真的好朋友。但是我不喜欢到他们家去吃饭，他们总是喜欢介绍一些奇奇怪怪的女孩子给我，希望我早结婚，啰嗦得很。

每逢请吃饭，其实也就是替我找女伴。

他们这份好心，我十分感激，但是女朋友单凭介绍可以成功，也不用讲缘分了。

我最近常常推掉他们的约会。

后来庄的妻子玛莉打电话来把我说了一顿，很具恐吓成分。她说："好，强，你既然不来，就不来好了，咱们以后算是一刀两断，你有裤子要补，也不必找我这个大嫂，出外吃饭腻了，也别想到我这里来揩油，咱们的恩情一笔勾销！算啦！"

事情当然不至于严重到这种地步，只是玛莉是个庄谐并重的女人，很幽默的，也喜欢说笑。实际上我没有他们两夫妻也不行。前些日子大病一场，玛莉当我亲兄弟似的服侍，衣不解带，后来庄也说妒忌得很，我病好了，玛莉也瘦了不少，这种事，也只好记在心里。

不过这一类政治饭，我好避则避，他们两夫妻可爱，他们介绍的女孩子却未必可爱。

有时候玛莉光火了，她说："你到底要什么样的女孩子？说！有种就说出来！"

我说："要气派好的。"

"前些日子那个女明星气派不好吗？穿的是皮裘，戴的是翡翠，花容月貌，美艳无双！"玛莉理直气壮。

"那，那是一株圣诞树，我可不要做圣诞树上的其中一个小灯泡。"我笑，"何况气派不是那回事。玛莉，实际上你就很有气派，最好脾气要像你的，但是——"

庄接上去："但是相貌身段要比你美十倍。"

玛莉骂他："你狗屁！"

庄笑："才说你有气派，就来粗话！"

他们两夫妻就这样恩爱得很。结婚十年，还是老样子，相敬相爱，没有半句龃龉，越发显得我孤单。

"你们俩相敬如宾。"我说。

玛莉笑："开始是相敬如宾，后来就相敬如兵，现在变了相敬如冰，更没话说啦。"

我们又笑。

这十年来他们一直为我介绍女朋友，可惜不成功。说玛莉热心不是没原因的，把我交给一个女孩子，他们就可以不必管我了，不过是找替死鬼的意思。先几年我与一个女朋友分手，自己倒还好，不过醉了几场，玛莉气恼得很，怪这个怪那个，非要我另寻新欢示威不可，她很喜欢我，真当我是弟弟一样。

为了这一次她要与我一刀两断，我只好明志，派花店送了三打大红玫瑰去，又选上好白兰地一瓶，向庄赔罪。他们似乎息怒了，却也好久没再打电话来。

周末我打电话去，玛莉冷言冷语，我只是笑。

庄抢过了电话，跟我说："强吗？这是你送上门来的，可怪不得我。"

"什么事？"

"帮一个忙，好不好？"

"什么忙？说出来，绝对做得到。"我想将功赎罪。

"很复杂，你听着。玛莉有个妹妹——"

我说："我不知道玛莉有个妹妹。"

"你别打岔，她是小孩子，一直在外国的，十八岁，谁提她呢？话说这个小孩子在外国念书闷，我们就寄书报给她消遣，其中包括你的大作——"

我不以为然："小孩子怎么能看我的小说呢，看看她们就变坏了。"我笑。

"好了，谁不知道你是当今最红的小说家？看你的小说又有什么错？但是麻烦就在小孩子爱吹牛，她在学校里就吹她跟你很熟，引得同学们真的相信了这件事——"

我说："奇怪，我又不是明星，有什么好吹的呢？"

庄笑道："阁下比明星出名多了，别谦虚。反正一轮吹牛之后，她下不了台，如今她同学回来度假，逼着她介绍你见面，无奈何，托到我身上，你知道小孩子很要面子，上星期她打电话回来，带哭音巴巴地求我们，这件事很为难，我们知道你那怪脾气——"

玛莉抢过了电话，冰冷地说："我老实对妹妹说：'我们也没有办法，人家现在是大作家了，成了名了，再也不随便见闲人的，莫说你，连我们也还请不动呢。'"

庄说："我看强不是这样的人，让我再求求。"

我跳起来："你们两夫妻少这样折磨我，这算什么呢？不过推了你们一回，就给我脸色看，一唱一和，叫我无地容身，我来就是了，不但来，还一定承认与你们全家都熟，好不好？一定使这个小女孩子满意了回去！我还带几本小说来亲笔签名赠阅，还带相片来派，行了没有？"

玛莉大笑起来，我松了一口气。

我说："你们就会作弄我。"

玛莉说："星期三晚上我请这个小女孩子吃饭，你一定来，再像上次那样，就不睬你了，你要知道这一次是你的忠实读者，你不看我们面子，也要看你自己小说的面子。"

"得了，星期三，我八点到你们家。"

"便饭。"玛莉挂上了电话。

星期三，我在日历上打一个圈。

我很有点懊恼，这一下子我可真是中了圈套了，但是为了上次没有去，这次是非露脸不可的，上次玛莉先约好了一位小姐，专门给我介绍，结果我没有去，他们又不好推掉那个女的，白闷了一夜。

其实我就算去了，也不过是个木头人似的坐着。他们两夫妻认得的女孩子也真多，各行各业的都有，而且都长得漂亮，太过分漂亮了，不过是花。我希望找到一个像树的女孩子，不但好看，还要有那种泱泱的味道。

不过这样的女孩子哪里去找呢?

我也认得过这样的一个女孩子，只可惜她太独立了，根本不在乎我，她说："我要升学。"结果就这么走了。临走还鼓动我："你一定可以找到更好的！"大方得不像话。

后来我没有找，也很怀疑有没有人比她更好，太好了我也配不起。

她是一个很令人怀念的女孩子，洒脱得很。

自她以后，我一直高不成低不就的吊着做王老五。

我一上舞厅夜总会，玛莉与庄便心惊肉跳，拼命为我介绍良家妇女。大概近来我去歌厅去得太多了，又在报纸上称赞一个歌女，他们才更恐惧的。

我叹一口气。

星期三。

去见一个小女孩子，那个小孩子喜欢看我的小说么，看得懂吗？文章是自己的好，我也不必虚伪，我自觉我写的那些还可以，不然也不会有那么多报纸杂志刊登，在外国的学生也不会知道我的名字。

这次只不过亮亮相而已，露一露脸，作一副作家的样子，使她满意就好，回去就高兴了，于是庄那个小姨子的地位也大大提高，皆大欢喜。

连我本人也应该欢喜才是，有这么一个读者还不容易呢，千里迢迢回来度假，倒先想见我，管她几岁？三岁都好。

我躺在床上想。只是这些读者可知道我也是人？我的烦恼比他们更多。成了名有什么用？庄一直说我少年得志。少年什么？都快三十岁了。

我最不喜欢抛头露面，电视和无线电台都被我推得冒火，认为我不合作，是一等一目中无人的骄傲家伙。玛莉说得也对，我不轻易见人，那是因为我不会应酬人，类似场合可免则免，随便别人怎么说我。

这一次真是给庄两夫妻面子，才硬着头皮去的，通常人家一叫我“作家”，我先面红耳热，更不用说其他的了。作家？才怪，不过是上了梁山，骑虎难下。

趁着记得，我把小说单行本拿了两本出来，照片是欠奉了，那是说笑话的，带了小说签个名也够了。只是我有点怀疑，玛莉哪儿来的妹妹呢？她好像只有两个弟弟，因为弟弟们太能干了，她不好意思多提，以免有吹嘘之嫌，我记得以前她说过，一个弟弟念麻省理工学院，另一个在牛津。

妹妹？她哪儿来的妹妹？既然没有妹妹，又哪儿来妹妹的同学。

认识十年的朋友，就不记得她还有个妹妹。

不过我的记性不好，闹的笑话很多，如果忘记她有个妹妹，恐怕她要生气，还是不提也罢。如果玛莉真有个妹妹，只要不十分小，倒也好了。

我一向喜欢玛莉这样性格的女子。爽快够活泼，又相当敏感聪明，学识好，她又肯屈居做家庭主妇，有立场，但尊重丈夫的意见，说话风趣，不过极有分寸，待人真是热诚真心。

如果她有妹妹，这妹妹有她一半好处就十分可爱了。

玛莉的相貌虽然普通一点，但是因为她的性格明朗，连带五官也突出了，我一点不觉得她普通。女人如果都像她，天下就太平了。

做女人本来就很难，要有性格，但性格不可太强，要明亮，不过光芒不可盖过男人，给我做了女人，也没办法，幸亏我是个男人。

这年头肯早结婚的男人越来越少，否则玛莉“手头”上的漂亮女孩子也不会那么多了，忙着帮助推销还来不及。

我觉得自己有点刻薄。

于是匆匆抽出稿纸来写，反正星期三要出去，没空，不如趁今夜赶几段。

写了一会儿小说，我就抽一支烟，睡了。

日子是寂寞的。作家是人。明星也是人。有了名气更寂寞。

第二天很晚才起来，我不介意早起，只是早起了也无事可做。天气有点凉，我胡乱套了一件毛衣，立在露台前看风景，点了一支烟。

女佣人来过了，早餐放在餐桌上，端端正正的，她又出去买菜了。一个人，永远是一个人，几时有个女孩子来弄几个菜给我吃？

我在露台上往下看，有人向我招手。

“强！”

我笑了：“玛莉！”

“别站在那里，替我开门！”玛莉在楼下嚷。

“来了！”我说。

幸亏我住三楼的老式房子，如果再住得高一点，她的喉咙就叫哑了。

我替她开了门，她一阵风似的卷进来：“我要喝柠檬水，快快快！”

我倒了柠檬水给她，她一口气喝了半杯。

“有何贵干？”我问她。

“没有贵干就不能来？”她瞅我一眼，“庄叫我来看看你，你瞧你，又瘦了，你呀，赶快结婚吧，吊儿郎当，花天酒地，到头来，还不是害了你自己，找个女孩子成家立室，有什么不好？我们夫妻俩也可以安心。”

我冷冷地说：“有谁要我？”我叹一口气，“又没洋房汽车，银行存款，比我好的人才多着呢。”

“嫁人嫁人，嫁的是人。”玛莉说，“我看你就很好，长得秀气，学问好，举止大方，谈吐动人，你是美钞票，你父亲可是鼎鼎大名的报界闻人，只不过你不借余荫而已，志气可嘉，只是心高气傲这一点不好，眼睛生在额角头，大概是在等一个九天玄女才娶。”

我捧着茶杯，默默不出声。

“没有忘记她吧？”玛莉忽然问。

“没有。”

“太痴心了。”玛莉说，“这些年来，你一直在找一个影子，她的影子，我给你介绍的女孩子，你总想尽了法子来挑剔，你是在等她回来？如今更怪了，连女孩子也不见了，这么大的房子，你不寂寞？”

我还是不响。

玛莉又恢复了轻松，她问：“星期三你来我们家，穿什么衣服？”

我奇道：“你想我穿什么？不过见一个小读者，不光着身子就行啦！何必隆重？”

“唉，你不明白，就是要隆重，给女朋友的印象不好不要紧，但这个读者啊，非同小可。”她抿嘴直笑。

“你要我穿什么？说吧，为人为到底。”

“穿那套猄皮的外套裤子，很薄的，不会太热，里面穿那件贝壳红的衬衫，戴你的白金百爵表，银手镯，我们送的那只戒指——”

我瞪眼：“那我岂不是成了洋娃娃？”

“不会的，记得了。星期三晚上八点。”

“玛莉，这里面有古怪。”我盯着她。

“什么古怪？你这个人！”她顾左右而言他，“对了，你上次说买不到的那种烟丝，庄替你办了来，也不知道用了什么法宝，你星期三一道来拿吧。”

我感激地说：“谢谢你们。”

玛莉说：“不用谢了，自己兄弟一样。我得走了，还得赶回去，庄说要吃茄子塞肉，佣人不会弄。”

她匆匆忙忙，又一阵风似的走了。

幸运的庄，幸运的玛莉，这两个人真是一对。

下午我出去与报馆里的朋友谈了一下话，商量新书用什么封面，晚上回来吃了饭看电视，写稿，坐在露台看夜色。

不，我跟自己说：不是忘不了她，实在是没有遇见理想的女孩子，她们都俗不可耐的叫人难以忍受。太关心我的收入，不关心我的性格。为结婚而结婚？我还没有到那个地步。

进了屋子，我倒了一杯白兰地，喝了下去，很舒服地睡了。日子又过了一天，人就是这么老的。

星期三下午，玛莉又来了电话催我。

她真是紧张。为了什么？我很怀疑。

我拿出那套她指定的衣服一看，决定不穿。我改穿粗布裤，褪色的，旧T恤，领子洗得变了形。这样我才觉得自然。手表与戒指都戴了，戒指不戴，玛莉会不高兴。末了找鞋子，佣人不知道收在哪里，只有一双网球鞋洗了，晒在露台上，我就拿来穿上，也没有袜子。

我穿衣服很随便，庄一向穿得考究，看我不顺眼，今天特别穿得这样，气气他们。饭后如果有什么节目，也可以避了不去，一举两得。

想想得意了起来，心情居然十分好。

他们两夫妻出这么个难题给我，我也难难他们。

我看看时间差不多，便下楼买了点水果。回到车房拿车，在车子倒后镜一看，才发觉该理发了，算啦，去吃便饭，玛莉再紧张，还管不到我的头发呢。

到了他们家，匆匆地按铃，他们家的佣人见是我，也不问，拉开了门欢迎。

我鬼鬼祟祟地朝里一看，玛莉向我迎过来，她看见我的样子，我看见她身后的那个女孩子，呆住了。

我们两个人都说不出话来。

站在她后面的女孩子，我不管她是谁，外型先打九十五分，乌黑的头发垂在肩上，皮肤是象牙色的，穿一件米白色软布的长袍，手指上戴着几只戒指，都是一式镶小宝石的，赤足，没有鞋子。

我看了一眼。又一眼，又一眼。气质太特别了，这女孩子。

玛莉见我的打扮，就光火，又碍着有人，发作不起来，还得装个笑。

她介绍说："这是强，这便是楚明明。"

楚明明，很好的名字，有点耳熟。好像在什么地方听过的，我朝她又多看了几眼。她也看着我，两道浓眉衬着明亮的眼睛。我的心一震。

她就是我的小读者？无异她的年纪不大，但是她看上去很成熟，怎么会对一本小说的作者盲目崇拜呢？我稀罕地看着她，这么说来，我应该很值得骄傲才是了？想到此地，不禁飘飘然起来。

我看着玛莉，玛莉把我拉过一旁，轻轻地骂道："看你，穿成这个样子！好了，现在你陪她说说话，我要进厨房去了，你好自为之！"她转过头，"庄，你陪我做冷盘！"于是庄也跟她进厨房里去。客厅只剩我们两个人。

我坐在楚明明旁边，楚明明不说话，就是看着我。她的眼光带点惊异，又带点好奇。

我叹一口气，我想：看罢看罢，当看猴子吧，我就是你要见的人了。我们静了很久，终于忍不住我开了口。

我问："你喜欢看小说？"

她怔一怔，答："啊……是的，有空的时候看。"

我点点头，随即觉得应该加几句话，于是老气横秋地说："读书要紧，功课比小说重要。"

她的眼睛睁得很圆，过了一会儿，她问我："你喜欢画？"

"是呀。"我说，"我喜欢画，我喜欢画与小说，我不大懂音乐。我家里很有一点画册。"

她的兴趣来了，"你喜欢什么人的画？"

这算什么？访问我？

我答："喜欢莫迪格里安尼和八大山人。"

她说："这两个人好像没有关联。"

"有的。"我说，"纯真。一个浪漫少年的纯真与老爷子的纯真是一样的。"

她很稀罕地说："很奇怪的解释。不过又很正确。"

我笑了，她不错，至少是个谈话的对象，有这样的读者，也值得安慰了。难怪玛莉坚持我见她。

我拿出我的小说，打开扉页，我写上："楚明明读者指正——"下面一个花押签名。

我把书递给她，她呆呆地看着我，不知所措似的。

我说："不要紧，你拿着好了，同学不相信，你就把书拿给她们看。"

她的眼睛闪了闪："你是这本书的作者？"她指着我的单行本。

她还不相信，我的天。

"当然是。"我保证，"庄与玛莉绝对不会骗你。"

"我觉得他们骗了我。"——她微笑，"你是姜强？"

"是呀。"我说，"我是姜强。"我有多么诚恳就说得多么诚恳，就差没掏身份证出来，"他们没有骗你。"

"难怪我觉得你脸熟！"她笑了，"既然你是姜强，你何必崇拜我的画？我的名气还没有你响呢！"

"你的画——"我想起来了，楚明明，她是这里数一数二出名的年轻画家啊，难怪名字熟，没想到人也长得这么漂亮，只是她怎么会——

"慢着！"我说，"到底是谁崇拜谁？"

她指指鼻子："你崇拜我！"

"见鬼！"我跌足，"这次上了玛丽的当了。"

"怎么不是？玛莉说的，"她娓娓道来，"有一个人，看了我的画，饭都吃不下，觉也睡不着，非要见我一面不可，我原来是不肯见生人的，被玛莉苦苦哀求，就想，好吧，做人也不要做得太绝，既有知音，也看看是个怎么样的人，没想到是个作家。”

“唉呀我的天！”我嚷，“怎么可以这样子！这下子可害惨了我。玛莉说有人要见我，迷上了我的小说呢，约了我今天来见她的，我也是勉为其难，几经恐吓才答应来的，刚才她还怪我穿得不够端正呢！”

“诡计！”楚明明睁圆了双眼，“我你都上当了！”

我俩面面相觑，忽然两个人一起叫起来：“玛莉！庄！”

应声出来的只是他们的女佣人，笑眯眯地说，“先生太太出去看电影了，稍后回来，两位请留下便饭。”

“有这种事，看我揍不揍庄！”我怪叫。

“我非得骂玛莉不可！”她也气鼓鼓地说，“不该作弄我。”

“对！”我说，“我要等他们回来。”

“太尴尬了。”她坐在地下，盘起了腿。

我看着她，心里想，难怪这么秀气骄气，原来不是个普通女孩子，是个画家，一身打扮就清爽得很，如今生了气，一脸娇嗔，更是可爱，这么年轻就成了名，也不容易了，难怪她一开口就问我喜不喜欢画。

我看过她的画，算是不错的，倒不是胡来，专家给她的评价很高。

我歉意的说：“对不起你，今天你受委屈了。”

“不关你事，”她笑，“是玛莉，她一直要为我介绍男朋友，我拒绝得次数多了，她才出这个诡计。”

“你没有男朋友？”我问。

“没有。”她耸耸肩。

我说：“他们也一直想我早点结婚，所以才想出了这么一个法子，真是滑稽。”我也只好笑了。

她说：“我肚子饿了，我们吃饭吧，不吃白不吃。”

“好的。”我拉开椅子给她坐。

她说：“我没想到你这么年轻，我倒是喜欢你的小说，常常看的。”

我想起刚才签名送书的一幕，耳根都辣辣的红了起来。

她很大方，“真的，我常听人家说起你，姜强如何如何，没想到今天见着你了，难得你穿衣服也随便，就像我，玛莉昨天上我家去，一定叫我穿得华丽一点，我才不听她的呢！”她说。

玛莉也真有一手，对她对我都说一样的话。如今把我们困在这里，他俩倒看电影去了。

我们胃口很好，各吃了两碗饭，菜美味得很。

楚明明是个极可爱的女孩子，很值得做朋友的，她轻松活泼中带点雍容的气派，这女孩子太不普通，最好是不做作，与她一席话下来，我的气就消了很多。

不是玛莉出这种诡计，我一定不肯来，不来又焉能认识这样的一个女孩子？

看来还要感激玛莉才是。

楚明明问我：“写小说很辛苦吧？”

“哪里，”我说，“乱涂的。倒是画画很难。”

“不过是兴趣。”

“如果你不嫌我，几时我替你写画评。”我笑说。

“太好了，我替你画封面好不好？只是画得不好。”

我大喜过望：“求之不得呃，我正为新书封面烦恼，没想到来了救星。”

她也笑了：“老实话，我也想找个人为我吹一下，你知道这年头……不过你名气太大，实在不敢当。”

她一笑就侧头，那乌黑的头发美丽地垂了下来，又做着手势，腕上的手镯叮叮作响，笑脸生风，眼睛神采飞扬，本身就是一幅好看的风景。

我呆住了。

我明白玛莉的用意了，终于有一天，我会碰见我心目中的女孩子，这个不是吗？

她说：“老实讲，他们如果说介绍名作家给我做朋友，我是一定不肯来的，我现在不生气了，我发觉你不是一般人口中的‘名作家’。”

我忍住笑：“你知道为什么？”

“不知道。”

“因为我一点也不出名。”

她笑：“你也太谦虚了。”

就在这个时候，庄两夫妻回来啦，一进门也不说什么，只是笑盈盈地看着我们两个人。

我想说话，咳嗽了一声，说不出，只是笑。看楚明明，她也在笑，大家都没话说。

庄说："很好，我还以为一回来就得挨揍呢。"

我又咳嗽一声。

玛莉笑："怎么好意思？看！饭也吃了咱们的，说话也说了半天了，坐在咱们的沙发上，两个人也成了朋友，再找咱们的碴，还有良心吗？"

我更说不出话了。

明明抗议："……怎么作弄我们呢？"

"唉，两个艺术家，你们的脾气太难搞了，不这样，你们肯见面？这个诡计，还是想了半天才想出来的。"

我说："我早就怀疑，玛莉哪来的妹妹？我听也没听提起过。"

"怎么没有？"玛莉说，"明明就像我妹妹一样，我们脾气也差不多。"

我说："还逗我开心了半天，还以为真有这么一个痴心读者，却跑出来一个画家。"

楚明明连忙说："我的确是你的读者，看过你的书。"

玛莉说："好啦好啦！别多说啦，我们出去走走如何？至少你们两位得做东请我们跳舞吧？"

"一定一定。"我说，"我们现在就走。"

楚明明看看我，笑了。

我也笑了。

天下最高兴的，莫比如意，今天还有什么好说的呢，皆大欢喜，事情进行得这么漂亮开心。

多谢庄与玛莉这个诡计。

他们的目的终于达到了。

过去

媚想了三天三夜，终于决定嫁给何鸿锦。

我听到这个消息，呆在那里。

我找了她出来，问她："消息是真的吗？"

她点点头："是真的，这是我最后一次见你。"

我心如刀割，问她："媚媚，为什么？为什么要嫁他为填房？他的孩子比你还大，他除了钱还能给你什么？你想清楚了？"

她侧着头："我想清楚了。"清丽的面孔上没有什么表情。

"媚媚，我是有前途的，你跟着我不会吃苦，我已经升职了——"

"是，"她缓缓地代我说下去，"你升职了，从四千块月薪升到六千多，那笔薪水你要用来供养母亲与成家立室，还有一个嫁不出去但于你有恩的姐姐要同住，家栋，我不是对你没信心，只是人生那么短，一个女孩子的青春如此有限，我不想将时间用在等待方面。"

"你是嫌我穷。"

“是的，”她微笑带着无限的苦涩，“我穷怕了，自小住在狭窄的地方，密密麻麻地排着床，兄弟姊妹人轧人，要洗头也得排队，母亲给你一匙羹洗衣粉，洗下来的水是黑墨墨的，夏天到了，铺条席子就睡地上，地板是灰色的水门汀，家栋，我穷够了。”

我说：“可是那些日子已经过去，现在我们两个人的薪水合起来足够组织一个小家庭——”

“我不要下了班再去买菜，带着倦容回家起油锅煮两菜一汤，生生世世等着老板的青睐驾临到我身上，我真的畏惧清晨按熄闹钟赶公交车那种生活，家栋，我也不会快乐，我已经决定了。”

我失望袭胸，一伸手握住了她的手，忍不住哭出来。

“家栋——”她动容了。

四年，我们走了四年，却敌不过金钱六个月来的攻势。

我将我的脸埋在她的手中。

我不怪她，我真的不怪她。

钱，许多的钱，谁能抵抗这样的引诱？何况何氏尊重她，要正式与她结婚。

像她那么漂亮的女孩子，只要略为打扮一下，穿上华服，坐在劳斯莱斯里，跟千金小姐有什么分别？还不是同样的矜贵？

回到家中，我彻夜失眠，睡到半夜三四点起床找水喝，姐姐也没睡，她坐在客厅里。

我根本不想回到床上，握着冷开水杯子，坐在她对面，杯子握久了，变得暖和。

姐姐问：“媚媚要嫁何鸿锦了？”

“你怎么知道？”

“本市最大的新闻，谁不知道？”

我不说什么。秋老虎的季节，夜间还热得很，我的额角直冒汗。

“败在何某的手中，你也没得怨了，家栋，这样千载难逢的机会，换了是我，我也不会放弃。”

我仍然不出声。

“你知道何家的财富，不只是一只钻戒，一间楼宇那么简单……而你，你拖着母亲与姐姐这两个包袱，你还能起飞不成——”

“别说了。”

姐姐苦笑：“我不会说话，本来是要开导你，现在变成讥笑你了。”

“我明白。”

“家栋，家里需要你。”

“我知道，家里一直需要我，”我疲倦地说，“供我念大学，等我毕业，待我升职，要我争气，家里实在需要我，生活的担子逼促我，我真觉得这条路不由我不走下去。”

“你别抱怨了”，姐姐咳嗽一声，“做银行也算是金饭碗。”

我仰起头长叹一声，还叫我说什么才好？

我放下杯子，回睡房去坐到天亮。

我照例挤公交车到中环，忙工作直到中午，托同事买了盒饭回来，不禁将头搁在书桌的玻璃上，落下泪来，是的，媚媚说得对，熬一辈子又如何？一辈子也还是小职员，升到做经理也尚是受薪阶级，妻子要穿件好的衣裳尚得靠她自己的薪水。

月入一万又如何？出入有辆小车子又如何，如今她可以在上流社会做何夫人，她当然要作出明智之举。

我甚至不能自暴自弃，姐姐已向我提出了警告，家里已对我作出了最佳的栽培，当然希望我有所回报，现在就是我报恩的时候了。

母亲也暗示过不希望我这么早娶媳妇，她怕与外人合不来，又怕我会听了妻子的话，搬出外住，剩下她与姐姐。但是母亲喜欢媚媚，因媚媚没有小家子气，但是我们当时却不知道，媚媚根本没有抱着与我长久之心，一切都不过是朋友关系，她自然乐得大方。

本来在公司里，她的前途就比其他的女职员好，她有一股气质，懂得穿衣服，说话伶俐，专科学院的文凭，平时不大与人来往，却又很和蔼可亲，我努力追求她，也就为了这一点：她与一般的庸脂俗粉不同。

半年前在公司的一次聚会中，何鸿锦看见她，据说完全是一种惊为天人的感觉，谣言立刻满天飞，连总经理都要侍候她的脸色。

媚媚却可以不动声色地做下去，做到上个月底何氏向她正式求婚为止。

她是一个了不起的女孩子。

她好强，肯熬，上进，实在不似一个贪慕虚荣的女孩子。

当然，她也曾向我表达过她的倦意，她说：“我最恨侍候各层主子的脸色，工作的压力不要紧，但是老板的脸色真是受不了。”

我并没有想到有一天可以不做，像我这样的人，注定要一生骡马，要捱到退休那一天，但美丽的女孩子一向不在此例，她们可以有机会一步登天。

记得我与媚媚说过："都说何某追求你……"

我们同事都见过何某派来接送的那辆白色的劳斯莱斯。

以我与她这样熟络的男女朋友，都没能在她脸上寻找到任何蛛丝马迹。

媚媚微笑道："连你都相信？我简直无法向小报记者否认了。"

我还以为这富商是抱着玩玩的性质，而媚媚是个有思想的女孩子，不见得会听他的话。

事情后来就急转直下，我来不及地向她求婚，她心中不知有否笑我愚不可及，我买了一盆万年青盆栽上她家去，她那间小小的公寓里却像开了花店似的，摆满了各式各样的玫瑰，原来何鸿锦已经来过了，我迟了一步，她手指上戴着一颗桂圆核大的钻戒。

媚媚轻轻地告诉我："我答应他了。以后我与我一家的后半生，都不用愁了。"

我苦涩地问："然而你会爱他吗？"

"我很敬爱他，"媚媚肯定地说，"他对我这么好这么体贴，我将永远感激他。"

"你愿意接受不劳而获的金钱？"我失望。

"事情的关键就在'不劳而获'这四个字，谁辛苦地操作却可以寻得温饱，但这又有什么快乐而言呢，我做得累了，我觉得能够嫁给何鸿锦，是我的荣幸。”

我只觉得她中毒已深，不可救药。

就在她停工的第二天下午，老板发脾气，莫名其妙地把我臭骂一顿，临下班时又落大雨，我忘了带伞，在公路上像落汤鸡。

碰巧一辆豪华房车自我身边开过，将阴沟里的水溅了我一脚，我感慨媚媚的选择是正确的，有钱的确好。这之后同事们不停地开我玩笑，话说得很粗俗。

——“何鸿锦再有钱，不过是穿咱们小郭的旧鞋。”

——“郭家栋比大亨有办法。”

——“钱真好，小郭，赶快赚啊，再把美人儿赢回来。”

我很天真，受不了这样的讥讽，一怒之下辞了职。

姐姐大大的震惊：“你这孩子，太不懂事了。”

我反辩说：“你与母亲两人，就会逼我往上爬，处处拿我跟别人比，也不想想我也是一个人，我不是一副机器，好，算我不成才，我令你们失望，你叫雷公来劈死我吧——我令寡母伤心，我不是人。”

母亲是老式女人，当场说：“忤逆子，为了一个女人，与家里反目成仇。”

我只觉无限厌倦：“够了够了，别拿一百年前的五纲伦常来压我，我受够了，你们到坟前去哭祖宗去吧。”

当夜我收拾细软搬到青年会去住。

我的童年生活过得与媚媚差不多，都是穷困，父亲死得早，剩下一点钱，母亲紧紧抓在手中，把姐姐的青春牺牲掉，不给她念大学，叫她赚钱来贴补家用，晚饭时每每只煎一只荷包蛋放在我面前，造成我无限的心理负担，还不如不吃。

其实并没有必要做得这样狼狈，父亲那十多万现款在银行贬值，但是母亲的生活过得越困苦，她就仿佛越放心。

姐姐小时候也是一个美人儿，待三十岁还没嫁出去，就像一朵花似枯萎，正好与母亲成为良伴，谁也不觉可惜。

一般女孩子都希望在婚后组织小家庭，看见我家的这两个女人，马上知道日子不好过。

现在的女孩子多么精明，她赚得再多，顶多自己买衣服穿，你让她与丈夫分担家用，那是谈也不要谈。

当初我结识媚媚，老认为她“慧眼识英雄”，我得报知遇之恩。如今她结婚了，新郎不是我。

娱乐周刊将她嫁入豪门的照片，刊得很大，我没有见过更美丽的新娘子，一袭白缎衣精心设计，小小的花帽面纱，大方、漂亮、娇艳。

而何鸿锦也一表人才，相貌堂堂，他并不显老，反而一副英明的样子，风度不是我们这些后生小子可以比拟，所谓“有名誉有地位”的男人，便是以他作模范，媚媚嫁于他，不只单单为了钱那么简单。

于是我更加自卑。

男人跟女人一样，不怕老，只怕不够威风，穷小子再青春热情，也难博美人青睐。

我看穿了，咬紧牙关，翻报纸找新工作。

没想到转了运，让我连过三关，考到一份公务员工作，薪水加了，环境也较为朴素，我仿佛又可以忘记过去，努力将来。

既然搬了出来住，也不打算再搬回去，纵有不便，我也享受一下独立生活。

女同事中有不少出色的人物，但我的一颗心，仍然在媚媚身上。

所在的工作岗位上，没有人知道我这个秘密，我放心了，自觉已经脱胎换骨。

在电视新闻上，常常看见媚媚出席各种重要的宴会，她的眼神仍然冷冷，表情有点孤傲，何某的钱财没有使她庸俗，反而更加衬托出她的性格，做那么大生意的人，眼光哪会有错呢，他选填房是选对了，媚媚会替他增光。

渐渐心也平了。

时间可以医治一切伤痕。

但偶然想起我们一起共度的好时光，心中尚有一丝牵痛。

假日回家去，母亲像是完全忘了媚媚这个人，有意无意地提起我的婚事，非要说得我坐不住，站起来离开现场。

寡母的固执、横蛮、老套，使我无法忍受，她因为自觉吃了点苦，就得在子女身上找报偿，做她的媳妇不是那么容易的事，说不定什么时候她会开始以身作则，叫人家跟她的“美德”学习。

然后我得了她的遗传，还不是跟她一样的小气，偏偏有意无意之间与她作对，并不去找女朋友。

我以为我总已经忘记媚媚了。

一日朋友带我到舞厅，叫了小姐坐台资，一个女郎走近，吓我一跳，心当时剧跳起来，原来她就是长得像媚媚。

我非常为自己心酸，忘了她？不不不，还早着呢，除非我可以若无其事地提到她的名字，说起咱们的往事，像个没事人般，才可以肯定地说已经忘了她。

我马上推说头痛，要离开舞厅。

朋友诧异："家栋尚不习惯这种场合？别勉强，你先走吧。"

我逃似的离开。

没想到第二天，我就见到了媚媚。

是她约见我的。

我听到她电话，意外，但是很客气，自己也诧异于这种镇静，也许是因为她的声音不陌生，梦中已听过多次。

她没说为什么要见我，我依时赴约。她的长发挽了个髻，身上穿件米色的凯斯咪丝的毛衣，一条半截裙子。

越是这种不起眼，但料子缝工都一流的衣裳，价值越是惊人。她没有戴什么首饰，更显出高贵。

见了我她立刻展开笑容，跟以前一样的亲热，但不知为什么，我们之间像是隔了一条河，至少我是尴尬的。

"生活好吗？"她问。

"好，托赖。"

"没想到我会找你出来吧？"她说。

我礼貌地说："老朋友见见面，也是很应该的。"

"你就是这一点忠厚。"媚媚说。

我讪讪地笑，忠厚有什么用呢。

她说："家栋，我约你出来，是希望你把我们以前合摄的照片还给我。"她很开门见山。

我听了很受打击："什么？你不相信我？你怕我会拿去给小报刊登？"还强笑着。

"我当然相信你，"她无奈的说，"但是我丈夫不相信。"

我呆视她精致美丽的面孔，轻轻吁一口气。

我低着头："自然，我连底片一起还给你。"

"对不起，家栋，我亦是人在江湖，身不由己。"

听到她这样说，我反而笑了："人在江湖？不，不，你是人在侯门，身不由己。"

"家栋，你对人真好，一点都不计较。"她称赞我，"以前在一起工作，就发觉这是你最佳优点。"

"你过奖了。"我说。

过了一会儿，我们两人都静了下来。

我只得问："生活还习惯吗？"

她笑："大家庭里的内部斗争是很厉害的，反正还可以应付就是了。"

我点点头，以她的聪明伶俐，当然可以应付，我何用替她担心。

"何先生待你很好吧？"

"谢谢你，他对我很好。"媚媚愉快地说。

过了一会儿，她终于问到我最怕听到的问题。

“你有没有新的女朋友？”她问。

她如此用辞，我倒觉得悦耳，“新”女朋友，由此可知，她还承认她是我的“旧”女朋友。

我摇摇头。

她叹口气，我俩似乎再也找不到话题。

我问：“我如何将照片交还给你？”

“我明天差人来拿如何？”

说得也是，我俩还有什么必要见面？

我点点头：“你有我写字楼的电话地址，谁告诉你的？”

“令堂。”

“哦。”

我们很快结束了谈话，多情应笑我，还请了一个下午的假呢，剩余的时间都不知道该往哪儿去。

何家的司机开着平治房车在门口等，天开始下毛毛雨，我缩缩肩膀。

媚媚抬起头来看到，我有点尴尬，实在不想在她面前露出寒酸相。

她却温和地问：“你母亲织的那件芝麻绒似的毛衣，还在吗？”

我点点头，又一阵喜悦，她一直不否认曾经与我交好过，单是这一点，很多女人便做不到，她并没有努力忘记自己的出身，我佩服她。

我说：“打算买一层房子，安置了母亲才成家，因此在储蓄，寒衣也未添。”

“应该的。”她说，“不愁没好的女子嫁给你。”

司机替她拉开了车门，她说声再见，踏上车子。

临走前还向我摆摆手。

回家我把媚媚的照片全找了出来，一张也不剩，连底片在内，一起放进一只纸袋。

母亲很兴奋，“是个好女孩子，嫁入豪门，一点架子也没有，伯母前伯母后地称呼我，跟以前一模一样……”小市民很容易满足，因为何鸿锦夫人叫她“伯母”，所以母亲高兴了。

姐姐说：“如果你福气好，她还叫你妈呢。”

我说：“过去的事，提来作甚。”

姐姐说：“我倒有个好消息，不妨提一提。”

“好消息？快说，咱们家八百多年没有新闻，不用说是好消息了。”

母亲抢着说：“你姐姐要结婚了。”

我惊喜说：“真的，太好了。”

“好什么？”姐姐笑骂，“看你乐成那样，平日我也不用你供给柴米呀。”

“未来的姐夫是怎么样的一个人？说来听听。”

“年纪相当大，而且没有钱。”母亲先说了。

我笑：“算了，这个女儿只要能够嫁得出去，也就不能挑女婿了。”

“婚后会请妈妈跟我们住，家栋，你一下子去掉两个包袱，可乐了？”

我说：“我几时把你们当过包袱？刚想买层房子供养你们两位老太太。”

“家栋，你心情好得很呵，”姐姐说，“很会说笑啊。”

是的，知道姐姐有归宿，真是个好消息。

他们的婚礼很简单实际，姐夫是个殷实的小商人，婚后如言接了母亲过去，大家有个照顾，母亲又可以帮着他们看孩子，大家不愁寂寞。

结果我买的房子，成了王老五之居。

因心中了无牵挂，做起事来特别卖力，回了家就淋浴看报上床，生活除了寂寞一点，别无遗憾。

就在这个时候，报上刊载大段的触目消息：富商何鸿锦在外国心脏病发身亡。

我马上想到媚媚，她不是成了寡妇吗？

她以后的日子……我发觉自己仍然那么关心她。

但我没有多事，只是写了一张慰问卡寄去。

不久报上登出了讣文，共有两段，一段是以她的名义发的，另一段由何氏的长子署名，大家族内的纷争，我们小市民也不会清楚。

后来都说何氏百分之三十以上的财产落在她手中，余者由子女共分，有人不服，但遗嘱立得清清楚楚，反对并不生效，分了家产之后，她与何家的人就没来往了，听说独自住在一间大屋子里，生活日趋神秘。

这一段大新闻，像所有新闻一般，只新鲜了三五十天。

媚媚就是这样，成为了一个年轻的寡妇。

在正常的情况来说，没有一个人的身份比年轻的寡妇更为悲惨，但是世上往往有奇异的例外，我相信媚媚便是罕见的例外。

她要的是钱与权势，使她摆脱少女时期的穷困，她得到了，凡事都需付出代价，如果何氏到八十岁才寿终正寝，那么媚媚付出的代价更巨。

她不是一个简单的女孩子，她的城府很深，从小事可以见大事，从头到尾她没有得罪过我，我始终还是她的朋友——一般女人做得到吗？

她在社交场所中仍然活跃，信不信由你，追求她的人很多，男人们并不介意她的身份，并且有着太多的传言与绯闻。

他们见到的只是她的财产和她华美的形象。这便是一个如此伧俗肤浅的社会，郁郁不得志的人大可以叹声曲高和寡，然而大众是永远追随哗众取宠的一群的。

在这个当儿，我的心情死灰复燃，开始与一位漂亮的小姐约会，她是我同学的妹妹，师范毕业，在一间中学教书，吸引我的，是她一双慧黠的眼睛。

每当我发谬论的时候，她都温和地微笑，耐心地聆听，我喜欢她的眼神，它们在告诉我："老小子，你尽情地说吧，我有一双好耳朵。"幽默而容忍，像一个年轻动人的母亲。

我的母亲生我的时候已四十多了，她的形象属于儿童乐园，不免有点落伍，我们从未好好谈过话。姐姐很拘谨，为生活担子压得喘不过气来，没有心情聊天。至于媚媚，我太爱她，时时呵护她，很多时候，我都只有听的份儿，没有张口的机会。

到了现在，我生命中第四个重要的女性出现，恰逢其时：工作有点基础，心情也大好，我忽然轻松起来，从一个小老头变得富幽默感，也很懂得表达自己，与女友的关系如鱼得水。

我最喜爱的题材是幸福。

我会说："……原来幸福是没有标准的。以前小时候，我们老以为一家数口够温饱有亲情无疾病便是幸福，现在不一样了，现在有些人觉得居有大屋，出有平治才是幸福，有没有亲人倒是其次，说真的也怪不得人人变得那么势利，有钱不必吃苦啊。"

女友抿着嘴笑。

我自嘲地耸耸肩，知道自己说话像卫道的酸葡萄——总算承认钱有它的好处了，但还采取敌对的态度。

没过多久，我俩就订婚了。

我觉得我自己找到了幸福，要什么有什么谓之幸福，我是一个平凡的人，我要的是一个平凡的女人，一个平凡的家，两个平凡的孩子（一个叫平，另一个叫凡），如此而已，既然如愿以偿，当然幸福。

带着未婚妻子去参观珠宝展览，我笑问她："我们也要买一枚钻石戒指吧？"

她得体地说："不必了，我情愿换只洗衣机，装多部冷气。"

我深庆娶得贤妻。

她说："以我看，这里陈设的珠宝，都不如那位年轻贵妇所配戴的。”

我的眼光依她所指的方向看过去，看到了在剪彩的贵妇：一袭设计精致的黑衣，衬着一套珍珠首饰，珠子都有眼珠子那么大，发出圆滑的光辉，映在她的脸颊边，显得光彩照人，美人如玉，相得益彰，我看得呆了——这不是媚媚是谁?

她风度更好了，人更漂亮了。我相信她是快乐的，她终于可以高高在上，受人们眼光的拜膜。

她并没有看见我，我也不希望她看见我，赶紧往人群里缩。

未婚妻问我："她就是何媚媚?"

我点点头。

"人比照片还漂亮。"

"是的。"我说。

"听说她以前只是个银行小职员。"未婚妻说，"大概是谣言，依我看，这样的风度，非十年八年也培养不出来。"

我仍然微笑。

未婚妻低声说下去："据说追求她的人很多，都是富商爵爷之类，不知她花落谁家。"

我挽起未婚妻的手臂说："走吧。"

如果我说，三年前她差点儿花落郭家，不会有人相信吧，何必再提呢，过去已属过去。

过去已属过去。

寂寞小姐

寂寞真是我们最大的敌人，此外就是时间，寂寞的时间简直能够置我们于死地。

媚媚一与我吵架，就会说："若不是为了怕寂寞。才没有那么好的兴致与你一次又一次地重修旧好。"说得也有道理。

这样说起来，媚媚天天跑到写字楼去坐着，虽然说是为了薪水，但如果时间可以打发，她经济情形又不见得那么坏，就不会对着一班乏味的同事度日了。

我笑称她为"寂寞小姐"，因为她是那么怕寂寞，忍受不了寂寞，所以她爱热闹，无端端拉了我到亲友家坐着，不是过年也吃牛肉干，嗑瓜子，端张椅子霸个好位子看搓麻将。

一回到家她就叹没意思，没有意思她又忙着去应酬，真矛盾。

她一天到晚节目安排得满满，即使只有三四天假期，也得往东京去走一趟买衣服，整个人是动态的，一刻静下来的时间也没有，流行打网球，她又忙着跟风；见人学插花，她也去参加草月流学习班，东奔西跑，不亦乐乎。

她又有一班姐妹团，经常聚会，在一起吃酒猜拳，都是时下的所谓事业女性，但是在这一类聚会，她从不与我一起列席，别以为媚媚糊涂，精明起来，也就是一个厉害的小婆子。

开头与媚媚在一起，颇有“疲于奔命”的感觉，日子久了好一点，有很多场合，大丈夫说不去就不去，顶多吵嘴，她也拿我没奈何。

今天她一早穿戴好了，约我在大会堂婚姻注册处见面，她的一个表姐结婚，她去做伴娘，人家送她一袭伴娘新衣，全身是荷叶边，我见了就说：“真土。”但她还是穿上了。媚媚对任何事都有股喜气洋洋的起劲，别人觉得她无聊，她自己可享受得紧呢。

我到了婚姻注册处但见黑压压地挤满了人，正在寻找媚媚，她先一把抓住了我，抱怨我来得迟。

我笑说：“人家结婚，何必起劲。”

一大班女客男客都俗不可耐。

媚媚叫我帮着招呼亲友，她自己像蝴蝶般穿插在人群当中。

我一眼看到一个穿白衣的女子独自站在一角，便好心的过去唤她：“可以观礼了。”

她转过头来。

好一张清丽的面孔，黑黑的浓眉毛．一双大眼睛，眼睛中闪烁着孤独的气息。

她是一个陌生人，我以前并没有见过她。

我轻轻重复一次：“可以观礼了，我与你一起进礼堂去吧。”

正在这个时候，媚媚在我身边出现，嚷道：“不是我们的客人，你怎么乱叫？”她的手马上插进我臂弯中。我尴尬了，连忙道歉：“对不起，小姐，对不起。”

那女郎淡淡一笑走开。

媚媚连忙拉起我的手去看新郎新娘。

礼成后我驾车送媚媚，她一迭声喊累。

“你喉咙都哑了。”我讽刺她。

“晚上我穿那件盘金龙的旗袍。”

“媚媚，晚上我不想去了……”

“谭家树，你敢？”她懊恼地说。

“我为什么不敢？”我笑问，“我想回家陪父母吃顿饭，今天是他们结婚三十五周年。”

“好，你今天不陪我，以后——”

“媚媚，别再使小性子了。”

她马上鼓起了嘴。

“那么多人陪着你，何必还多个我？你也没空跟我说话，别忘了你是伴娘。”

“那些人，不管用。”她说，“我要你陪。”我笑道：“既然那些人不管用，为什么你好歹总拉扯着他们，少有时间陪我？看样子，你是希望全世界的人都簇拥着你，是不是？”

“不跟你说。”

“你什么时候长大学习做一个独立冷静的人呢？生是一个人生，死是一个人死，要那么多人陪干什么？”

“我不是和尚，亦不是哲学家，我不管，今晚你要来。”

“我只再重复一次：今晚我不来。”我开了车门让她下车。

她头也不回地走了，绝对有信心我会听命于她。

我没有打算那么做。

我回家听了一个下午的音乐。傍晚驾车过港岛父母的家。我并没有过隧道。乘汽车渡轮的情调特别一点。

天气很热，这个夏天又长又热，到了如今季末，虽然傍晚有点风，但衬衫还是汗湿了，我站在渡轮边吹风，身边站着的女郎背影非常熟稔。

——真巧，我想。

她又转过头来，见是我，一怔，眼光在我身边一溜。

我知道她在找谁，但是我不出声，只是笑笑。

她的目光重新落在浪花上。

美丽的黑发编成一条长辫子，有几绺粘在后颈。

寂寞小姐，我忽然想冲口而出。

她才是真正的寂寞小姐，神情多么动人心弦，永远只有一个人，独来独往，清傲而带点彷徨，矜持沉默。

这是我同一天内第二次见到她了。

我搭讪道：“好热。”声音很低。

她微微侧头：“是的。”她的声音也不高。

不知如何，我忽然紧张起来。

我问：“为何搭汽车渡轮，又慢又热。”她反问：“那你呢？”

“我有许多时间，我是一个喜欢浪费时间的人。”我在那一刹那间说了真话。

她点点头。

我又问："你呢？"

她掠一掠头发："我？"她停了一停，又说下去，"很久之前，我恋爱过一次。"又停了。

就这么一句，已经荡气回肠，我非常震惊，不敢看她的脸，我不明白为何她会对我说这么深刻的话。

"那时还没有海底隧道"，她说下去，"我们常常坐渡轮过海，非常浪费时间。"声音很平和，完全像是在说别人家的事。

因此我更加深深的悲哀了。

"后来呢？"我追问。

"我年轻的时候很浮躁，并不懂得爱人，我失去了一次机会，以后就永远不再了。"她静静地说。

船到码头了。

我微笑："不见得永远不再"，我说，"我们一定要再见。"

她诧异起来："再见？"

"是的。"我交一张卡片给她，"你也有名片吧？一看就知道你是一个做事的人。"

她垂下了眼睛。

"你想一想，我不是坏人。"

船到岸了，我们各自上车。

我不急于回父母家，车子盯在她车子后面，她转上半山去，停在一层新建的大厦旁边，我至少知道她住在这里。

她下车进大厦，明知我在身后，却再也没有跟我打招呼。我点点头，这是对的，否则就显得轻浮了。

她的背影非常纤长，脚步落寞，黄昏太阳的影子拖得长长。

我把车子驶走了。

那天晚上，我与父母亲度过一个非常愉快的晚上，主要是宁静。

回到自己的公寓，头枕在双臂上，我又开始听音乐。

电话铃在半夜响起来，我去接听，是媚媚，泼妇似的破口大骂，我还来不及答嘴，她已经挂了电话，我并没有再打回去，让她索性气够了再说。

电话铃在十分钟后又响了，我想：媚媚有耐力，拿起听筒，我说："喂。"

那边却是一个不同的声音："我以为你出去了。"

我立刻知道她是谁，立刻紧张："是你，我还不知道你叫什么名字呢。"

"谢珊。"

"很高兴你肯找我聊天。"

"我不只聊天呢，"她幽默地说，"我想约会你，如何？不要推我。"

我笑了。"想去哪里？"

"明天也许是个下雨天，如今有点凉意，要是你不介意上山顶，如何？"

我完全明白下雨天上山顶走的情调，立刻说："明天早上八点半，我到你家楼下等你。”

“明天见。”她挂了电话。

我知道为什么我想见她，与她对谈，实在太投机太默契，我们完全知道对方的意思，太流畅的一种感觉，不肯放弃。

匆匆入睡，天就仿佛亮得比平时快，我穿了慢跑的衣服，便开车去接她。

她依时站在楼下，一套运动装，长发仍然编一条粗辫子。我感动得很，平日媚媚起码叫我等二十分钟，否则就觉得自己不够矜贵。

她上车，一声不响地坐在我旁边，没有化妆的脸是这么孤傲美丽，真是一个难得的女人。

我们在车程上没有说话，但是我的双手冒着汗。

到了山顶，雾还没有散，兼且落起毛毛雨来。我们锁好车子，就绕着山跑步。

我有一天跑三里的记录，看样子她也不像个弱手，我们有节奏地跑过草地小径树木，胸怀大开。

谢珊像是一整天可以不说一句话。

我们跑了半小时，才到凉亭的长凳上坐下，这时候的雨已经下得很急了。

我俩默默坐着看雨景，像是多年的老友。

终于她说：“不知怎地，大雨老是给我一种惆怅旧欢如梦的感觉。”

“怎么会？”

“不知道。我跟男友走的那几年雨水特别多，常在大雨中驾车上街，也许便因为如此，老是想起他。”

“你是恋爱一次，便背着包袱一世的那种人。”

她微笑：“给你说中了。”

“你仍爱他？”

“不，我只是背着个包袱。”

“像你这样漂亮的女郎——”

“你认为我漂亮？”她很俏皮，“多年没有人这么说了。”

“你不应该这么寂寞。”

“你怎么知道我寂寞？”

“闻也闻得出来。”

“嘿。”她又微笑，话总是不多。

“在家多干什么？”

“开无遮大会。”

我哈哈大笑。

她说：“最近看南美洲的几个现代作家的作品度日。”

“你是干什么的？”

“自己开一家室内装修公司。”

“这么能干高雅？”

她嗤一声笑出来：“还不是忙着替阔太太找金色的浴室瓷砖。”

我又一次为她的自嘲与诙谐所感动。

“你呢？”她问。

“我是商人，帮家父推销洋酒。”

“你是怎么认得你女朋友的？”

“我们自小青梅竹马。”

“她是一个快乐的女人。”

“嗳。”

“快结婚了吧？”

我很怅惘地说：“大家都那么问。走得久了，不结婚也不行，陈世美的下场有目共睹。”“她会是个好妻子。”

“会吗？”我问。

“会，以丈夫为重的，都是好妻子。”

“你以什么为重？”我又问。

“我？工作、名声、气质、朋友、美食、锦衣，以及自己的生活习惯。”

“丈夫排在那么后？”我吃惊。

她笑：“我自己也觉得可怕。”

“这是时代女性对婚姻的观点吗？”

“这是我的看法。”

“怎么会这样呢？”

“不知道，也许因为没有碰到好的男人……不知道。”

“那个被你怀念的人，他不是好男人吗？”

她但笑不语。

“你这么矛盾。”

“是的。”她站起来，跑出凉亭去。

我尾随她身后，媚媚比起她，像一加一那么简单。但作为一个人，这么精灵这么聪明又这么矛盾，不一定是幸福。

我们上了车，下山去。

我问："要不要吃茶去？"

"谢了，我要回去招呼顾客。"

"我送你回家换衣服——店在哪里？"

她亦给我一张卡片。

店就在她家附近。

我们道别。

在家淋浴时电话铃响了，这一定是媚媚，她可以打电话打得炸开来。

我连忙裹着毛巾去接听，走到电话边，她已经挂断了，我诅咒数句，又回到浴室，才打开水龙头，电话又响，这简直是捉迷藏嘛。

我再走到电话旁，铃声又止住了，整个客厅地板都是水渍，我一生气，将电话插头拔了出来。

我终于完成了我的沐浴，擦干了身子。

照说应该与媚媚重修旧好，但是我想先睡一会儿。求媚媚回心转意是起码两个小时以上的工程，太累了。

我倒床上，呼噜呼噜地睡了两个小时。

醒来的时候，听见轻音乐在书房响起——咦，莫非媚媚来了？

如果真是她，她应该用拳头把我打醒，不是以音乐。

我走到书房一看，果然是她："媚媚。"我尴尬地叫她一声，怕她会袭击我。

“你醒了？”她从来没有这么温柔过。

“是呀。”我讪讪地坐下来。

“你去跑步？”她和蔼可亲。

“是。”我暗暗诧异，葫芦里是什么药？

“我把你的脏衣服扔进洗衣机里了。”

“哦，谢谢。”奇怪，她为什么不发作？

“不客气。”她看着我。

“怎么，气消了？”我问她。

她说：“我没有生气。”她否认得一干二净。

“怎么，不承认？”

“撒娇嘛”，她有点无精打采，“后来一想，觉得无聊，以后要把这种脾气都改了才好。”

“啊，真的？”我非常感动。

“怎么，对我没信心？”媚媚坐到我身边来。

“我在罕纳你的态度怎么会作出一百八十度的转弯。”

“没折，跟你闹翻了，我会更寂寞。”媚媚就是这点老实可爱，“我怕寂寞。”

“你才不愁寂寞，姨妈姑爹都是你解闷的好帮手。”

“如果没有你，日子怎么过。”她依偎到我身边。

必要时，媚媚是非常聪明的一个女人。

我哑然失笑。

“你笑什么？”

“我笑你把我当奴隶，一下子紧，一下子松。”

“嗳，别拆穿好不好？拆穿了不稀奇。”她嗲得很。

我摸摸她的头，媚媚绝对没有智慧，但她犹如一头小动物——谁会忍心伤害一头小动物？

“谭家树，不如我们结婚吧。”

“不是说不到三十暂不结婚吗？”

“三十岁？太晚了，我们现在筹备起来也可以了吧？”

我问：“结婚能要筹备多久？”

“谭家树，你胆敢顾左右而言他？”

我笑：“我们慢慢再谈这个问题。”

“你怎么。”她又急又委曲，“你耍赖？”

我吻了一吻她的手：“我赖全世界，也不敢赖你。”

她破涕为笑：“为什么？”

“这叫我怎么回答？”

“我想知道。”

“我们相爱嘛！”我只好说。

“你爱我吗？我知道我爱你。”媚媚说。

我分析给她听：“爱也有很多种：溺爱、宠爱、敬爱、欣赏、崇拜……都是爱的一种，尚有迷恋、狂恋、苦恋、单恋……说也说不尽。”

媚媚抬起了头：“这样，你对我是什么？”

“我想我是宠爱你的。”我承认。

媚媚说：“谭家树，忽然之间，我觉得自己很幸福很幸福。”

“你根本是一个幸福的女子。”我说。

说得一点也不错，媚媚这样的性格，是迎接快乐的最佳工具。

星期日一早，我开车到谢珊的店里去。

铺子已经开门了，有一对洋人夫妇正在那里选家具，她正在与他们周旋呢，在透明的橱窗中，看到谢珊穿着得体的衣饰，礼貌的笑容可亲而矜持，她寂寞的神色适当地隐藏起来。

我伏在方向盘上看她，非常悠然自得，已是一种享受。

对谢珊，我敬慕又欣赏。

若能娶她为妻，生活一定清新如一首诗。

但是我认识媚媚在先，而且我也认识到媚媚的优点。无奈何，但我还是禁不住要来看一看谢珊。

欣赏总是可以的吧。

我心牵动着。

谢珊在店内做成了一宗生意，送客人出门。

我轻轻按一下车笛，她转过头来。

见是我，她笑一笑。

我无赖，“请我到店内来吃一杯茶。”我说。

“可以，欢迎。”她很大方。

我说：“很少有穿裙子与裤子都漂亮的女郎。”我又称赞她。

她微笑不语，将茶递给我。

“这些家具很漂亮，品味很好，你是办货高手。”

她回答我：“一杯茶而已，不必太客气了。”

我看着她。

她说："你们结婚的时候，不妨来选购。"

我诧异，"你怎知我们一定会结婚？"

她说："你与她长得一双夫妻脸，再像也没有了，简直似兄妹。"

"有这种事？"

"真的。"

她脸上那股寂寞的神色，又露了出来。

"在想什么？"

她说："好的男人，都是别人的男人。"

我说："公平竞争。"

"君子不夺人之所好。"她立刻答。

"这样廉洁的生活，……会不会痛苦？有时候做人要埋没良心，争取个人利益。"

她又微笑："我也并不是个好人，如果真有必要的时候，我也会损人利己。"

这话我懂的，我点点头。

茶已经喝完了，我转动着茶杯。

"别想太多了。"谢珊温言说。

"嘿。"我解嘲，"你倒是很懂得男人。"

"别的学问我是没有的，男人心中想些什么，我倒非常明白。"她俏皮地说。

"嘿，这学问是怎么学来的？"

她苦笑："男人们老对我说：'我的妻子不了解我'，听多了，被逼成了男人问题专家。”

我只好笑。

“我走了。”我站起来。

“再见。”她说。

“生意兴隆。”我说。

我孤独地开车子走。

一步入公寓，媚媚的电话追踪而至。

“你又到什么地方去了？”

“到处走走。”

“谭家树先生，最近你的行动很诡秘。”

“若非如此，焉得佳人如许关心？”

“我想搬来与你住。”

“喂，没有这种必要吧？同住是不好的。”

“我不管。”

“喂，我们坐一下从长计议。”

“没有什么好计议的。”她说，“我限你三十分钟到我家。”

我笑了，也许男人就是吃这一套。

三十分钟赶到她家，她倒没有再折磨我，媚媚学乖了，现在技巧好高，收放自如，俨然一个高手，我开始有点诚服。

媚媚笑着说：“到什么地方去了？整天不见人影。”

我说：“我不能成天呆在家里。”

“以后你往哪儿，我也跟到哪里。”

“喂，不大好吧。”

“我也知道不大好，所以索性结婚吧，爸妈都赞成。”

我问：“不后悔早早踏入厨房？”

媚媚答：“都二十六了，要是我是个天才，二十六岁结婚未免可惜，但我只是一个普遍的女人。”

我想到谢珊，这一切都给她算准了，一分不差，她知我对她有意思，但她亦知道在要紧关头，我决不会离了媚媚不顾。

原因很简单，撇开我与媚媚之间三年的感情不顾，像谢珊这样理智聪明兼有办法的女人，她随时都可以找到似我这般质素或是资质比我更高的男朋友，但是媚媚，她何尝不知道与我在一起，她是有荣幸的，不然她不会在亲友面前将我炫耀，男人这一点点的英雄感发作出来……

夫妻到底是数十年的事，媚媚的心事我全知道，而谢珊的心念要多久才能把握得住？

我没有时间了，我遗憾地想……我认识谢珊迟了，现在我要致力于事业，无暇分心，我不能再花时间去追求谢珊，重新摸索一条感情道路。

媚媚推我一推：“你在想什么，想这么久？”

“啊，”我如大梦初醒，“我在想，不知你有没有熟悉的珠宝店，一切都要准备起来了。婚戒、喜酒、蜜月……是不是？”

媚媚一怔，忽然双眼红了。

我将她轻轻拥在怀中：“干什么，傻孩子？”

“我一直担心，现在松一口气了。”她说。

“担心什么？”我明知故问。

“担心你会跑掉。”她就是这么简单。

我感喟地想：跑到哪里都是寂寞的，离不了五纲伦常，人生除了恋爱之外，还有许多其他重要的事要做。

媚媚高高兴兴地用手帕抹了抹眼睛：“这下子心定了，就不那么怕寂寞了。”

我知道在此刻想别的女子是不对的，但我怎能忘却不久之前才邂逅的谢珊呢。

女人聪明，是要为聪明付出代价的。

她寂寞的背影，纤细的身材，一袭白衣，浑身写着性感，那么灵敏的一个女郎，因此注定要寂寞一生。

看得出她享受寂寞，否则的话，大可以逃避寂寞，像媚媚这样。

而连媚媚都可以做得这么好的事情，大抵不需要天才吧，我微笑了。

旧欢如梦

一个雾夜。

舞会散后，我一个人悄悄地离开了。那种不得不去的生日舞会，一个人去，一个人来。何必要求人家送，我默默地叫了车，车子驶到码头，独自上渡轮过海。

天气是那种黄梅天，黏呼呼的，不冷不热，湿气重得惊人，真不知道该穿什么衣服才好，我身上才一件黑色的绸上衣，黑色的绸裤子。

坐在渡海轮里，那种感觉不是寂寞，而是奇异。还没有跟家明分手之前，很少机会坐在渡轮里，多数是汽车隧道过海，三分钟就到彼岸，付钱，他送我回家，他跟我是怎么分手的呢？我始终没弄明白。我唯一所知道的，就是我现在真的潦倒了，自他离去以后，我就真潦倒了。

妾本丝萝，愿托乔木。

一个女人没有男朋友就显得这么沦落，一个人坐在渡海轮里，这么的孤单，这么的没有保障，在一个雾夜里，船响着号，像是驶进永恒里。我努力地往前看，但是什么也没有看见，只是白茫茫的一片。

以前也有过这种情形吧？以前即使有这种雾，我顶多不过与家明淡淡地说一句："雾多大！"

就是那样。

现在的感触是不一样了。现在我一个人，坐在船上的木凳子上，呆呆的，没有了家明，没有了前途。活还是要活下去的，一切都不一样了。

我怔怔地向前看，风吹上来凉凉的，但是谁还管天气呢？我只觉得绸衣服贴在身上。

我疲倦地垂下了头。

然后有一个人轻轻地走过来，轻轻地把手放在我肩膀上，因为放得轻，所以我不觉得惊奇，也没有害怕，我抬起头来，看见一个很高很瘦削的男孩子，他的神情非常温柔，他轻经地对我说："丹薇。"

丹薇。谁是丹薇？

我轻轻地说："我不是丹薇。"

"丹薇。"他仍叫我，并且坐在我身边，"丹薇。"

我看着他，他有点醉了，但不是那种讨厌的，半昏迷的醉，他有点憨态，一直微笑，用手轻轻地摸我头发："丹薇。"他永远这么叫我。

我太惊奇了，我的样子长得很普通，不可能有人跟我相像，尤其是一个叫丹微的女孩子，叫丹薇的人一定长得漂亮，不然有什么资格叫这个名字。牡丹的丹，蔷薇的薇。

丹薇，他一直叫我丹薇。

渡轮的号角大声地响着。

他叫我丹薇。

“丹薇，真没想到在这里看见你，我一见就知道是你，我看你背影就认出来了。你怎么一个人？寂寞吗？”

我看着他稚气的脸，他看上去只有二十五六岁，穿一套深色西装，领带是浅灰色的，配得很雍容，脸色很羞涩，态度极其斯文，只是他的右手没有离开我的头发。

“丹薇。”他说，“我一直喜欢你的直发，你从来不肯熨头发的吧？”他说。

我温和地说：“先生，我的名字不叫丹薇。”

“你又来了。”他微笑，然后很感慨地说，“你喜欢黑衣服，我记得我们第一次见面，你也是穿这么一套薄薄的黑衣裳，有一道银边的，是不是？”

我并没有见过他，一辈子都没有见过他。

“丹薇，后来我就没有再跳舞了，没有你这样的舞伴，我就不能再跳舞了，我这么的爱你，你不知道吧？”

我呆呆地听着，在这样的雾夜里，一个人坐在渡轮里，我都几乎不想否认我不是丹薇了。

是丹薇又有什么不好？隔了那么些日子，还有人记得，还有人从背后就把她认出来了。

我才不会有那种运气，谁还会把我自身后认出来？恐怕面对面也搞不清楚。我的脸长得实在太普通，任何人与我分手之后，十分钟后就忘了我。

我忽然有点羡慕丹薇，因此微笑一下。

“呀！”他说，“你笑了。”

他叫什么名字呢？我心里面想。

船到岸了。

他握着我的手：“丹薇，陪我去喝一杯咖啡，丹薇，好不好？好不好？”

他像个小孩子，这么的恳求，这么的渴望。

我问他：“这么晚了，哪里喝咖啡？”

“总有地方的，只要你肯答应。”他说。

“好的，我答应。”我说。

那个时候家明十二点钟常常打电话来，叫我出来宵夜，家明，家明你忘了吧，都忘了。应该忘的，不忘是错。

甲板慢慢地放下来，他扶我起来，我们肩并肩地走出去，船上人稀稀落落，我们到了岸。

他说：“来，凯悦去。”

那个时候，家明与我很少去凯悦，我不喜欢那地方，因为太杂乱了，我也不喜欢半岛，半岛太没安全感，事实上我喜欢过什么呢？什么也没喜欢过。

与一个陌生人到酒店大堂去喝咖啡。

我听他说话。

他很文雅，把咖啡杯子捧在手中，看着我，他的一双眼睛温柔得像鹿，家明的眼睛不是这样的，家明只是周到，与他在一起舒服，家明并没有特色，但是失去他之后，走一步路都不再方便。

“这么多年没见你，我常常想起一首词。”这个男孩子说。

我抬起头：“你还看词？”

“丹薇，你真是的。”他笑，“什么看不看词？”

“你看到什么词？”我好奇地问。

“‘今年花胜去年红。可惜明年花更好，知与谁同？’”

我哈哈笑起来，说得好，太好了，没想到还碰到个会词的男生，看的还是欧阳永叔。今年花胜去年红。很好，的确是，今年花胜去年红，只是花红花白，个个人同看，花谢花落，又有什么关系呢？

我真笑了。

“丹薇，你为什么笑？”

“因为我不能够再哭了。”

“为什么不能再哭？”

“因为我老了。”我说，“年纪大的人要微笑，微笑，永远微笑。”

“丹薇，我是这样爱你。”他低着头说，“但是你总不给我任何机会，因为我说话太结结巴巴了，因为我没有像他们那样穿流里流气的衣服，因为我不懂得说笑话讨好你，丹薇，真没想到今天会碰到你。”

我微笑着点头。

我不知道，我不知是不是我喝醉之后，能够把一个陌生的男人当作家明，对他诉说很多很多的话，我不知道，或者这也是好事情，把心事倾吐一下，不要管对象是谁。

或者我真的像丹薇也说不定，被爱的女人往往是分外美丽的，丹薇既然这样的被爱，她一定美得非凡。

我被家明爱着的时候，其实也还是一张苍白的脸、素色的衣服，但是因为他爱我，我相信我被人看上去的感觉是不一样的，我的神采必然是光鲜的，我的笑容一定是骄傲的。女人最重要是被爱。

这个男孩子自口袋摸出一只扁扁的瓶子，金属镶皮，一看就知道放酒的，他旋开盖子，喝一口。

他笑起来像个孩子，事实上他是一个漂亮的男孩子，只是瘦一点，就是因为瘦，故此十分清秀，再坏的坏人也不会有一张这么清秀的脸。

他轻声问："你要不要喝一口？丹薇，他们这里过了十二点不卖酒，瓶子里是上好的XO。"

我摇摇头。

我不敢喝酒了，喝多之后，还是很清醒，但是说话就迷迷糊糊的，像对身边的人莫名其妙地说："那部莲花可以取出来了，灯应该换好了，哈巴行干事真慢。"老以为身边是家明。

我不敢喝酒了。

后来人家把这些话都学回给我听，我真是惨无容身之地。怎么会这样呢？我不是很镇静吗？我不是很冷淡吗？我不是谈笑如常吗？为什么当这种紧要关头，心里埋了多少的话，一句句地吐出来。有什么用呢？连惆怅也没有时间，第二天还是要上班的，还是要准时到的，还是要应付千头万绪的工作。

这是精神崩溃的先兆吧！回光返照的人都是特别健康活泼的。

我今儿个要是真的死了，家明倒是会想起我来的，表面上自然要惋惜那么一下子，私底下真是窃喜：瞧，这女人没了我就潦倒，终于没活下去。这倒也好，成全了他，有事没事让他一回想就乐半天，能够令人快乐总是好事。

这男孩子把酒壶搁桌上，还真不简单，登希尔的牌子。我拿起来喝一口。长醉是良策。结果我一直叫他“家明”，他一直叫我“丹薇”，而我并不是丹薇，他也并不是家明，没有关系，真真假假，没有关系。

“丹薇，我喜欢你的耳环。”他说。

“谢谢你。”我说。

“你常戴钻石耳环，是不是？有一次你在舞会中丢了一只，被我捡到了，我没交出来，实在不是不想交出来，而是想留着作为一个纪念，你知道了一定会很生气吧？五年了。”他憨憨地笑。

咖啡厅这么温暖，使人自然地松弛。他说得对，酒是好酒，一点不刺鼻子喉咙，我又再喝一口，不至于会醉得那么快，不至于。

“那个时候，我真想娶你，我毕生的希望，就是娶你为妻，然后我们两个人到巴黎去两个礼拜，只带一条牛仔裤、一件T恤，我们选一个夏天我们去看画，我们散步，我们流汗，我们浑身发臭地回来。丹薇，多么的美……但是日子过去，你嫁了别人，你们也去了巴黎是不是？但是你的丈夫一点也不懂得享受巴黎与享受你，他只是跟在你身后，他是一个呆子，好笑，美丽聪明的女子永远嫁给这种呆子，你为什么嫁他，丹薇？你快乐吗？你寂寞的吗？丹薇——”

我突然之间觉得疲倦，不是咖啡厅的暖气就是这美酒。

“丹薇，”他把手拉在我的手上。

“这又怎么了？”

“那么咱们跳舞去吧。”他说。

“这么晚，上什么地方跳舞去？你别吓唬我，”我说，“我们再在这里坐一下，我送你回家去，明天又不是假期，我们各人还是有各人的事要干。”

他说：“这完全是丹薇的口气，明天还有明天的事要干……”

“来。”我站起来，打开皮包结账，“我们走吧。”

“怎么好叫你付账？丹薇，你这脾气老不改。”

我这脾气老不改。为男人买礼物，为男人打毛线，结果人家一点也不欣赏，碰也并不碰，谁说这天下没有天字第一号的傻蛋。

我就是。

“来，”我说，“没关系，咱们走吧。”

我与他离开咖啡店，我坚持要送他。就像我当年雨夜送一个拖大包小包的孕妇一般，他们都是无助的，痛苦的，虽然我们都还是在微笑，但是这年头，吐血是可以的，只可以闭门而吐，不可以在大街上有任何表现。

我吩咐计程车往前走。

他说：“丹薇，我仍住在落阳道。”

"几号？"我问。

"落阳道只有两个号码，丹薇，你瞧你这记性。"他很难过。

"对不起，"我只好说，"我不是故意的。"

他微笑，原谅了我，把头靠在坐垫上，闭着眼睛，清秀的额角，挺直的鼻子，薄嘴唇。

车子到了落阳道，他睁开眼睛。好美丽的一条路，两边都是郁葱葱的大树，只有两座洋房。

他开了门，跟我说："丹薇，谢谢你，丹薇，我可以打电话给你吗？"

"当然可以。"我说。

他吻我的手，吻完了把我的手指握紧，他说："我记得你的号码，我一定会。"他又稚气地笑了。

"再见。"我说，"再见。"

"再见。"他说。

我连他的名字也不知道。

他走进二号那间住宅里，门外写着"陈宅"。他姓陈。

我真的累了，第二天我又得起床，又得重新挣扎，又得应付新的一天，偏偏这一天又跟昨日与明日没有任何分别，唉呀，譬如朝露，去日苦多。

车子回到我自己的家，付了车资，上楼，脱了衣服，还来不及洗澡，便已经累垮掉了，只想睡。

睡在床上，梦见自己是丹薇，有过很多风光的日子，然后嫁了可以托付终身的人，完了还有旧情人在暗恋着她，醒来之后，也不外如此，做人没味道。

那个男孩子倒是真直乐了半日，他以为他见到丹薇了。我微笑，在一个雾夜碰见旧情人，他可乐半日。我呢？助人为快乐之本，我也应当快乐。

但是我怎么快乐得起来呢？在大风细雨中等车，我的疲倦自骨头里直透出来，我想如果家明在的话，真是，如果家明在的话，我怎么会有这么一天，整日与一个陌生的世界挣扎奋斗——一个人应该奋斗，但是我的力气已经没有了。我父母知道吗？我兄弟知道吗？以前家明是知道的。

现在这个世界只知道我是一个略具姿色的女子，强壮有力。

我实在是累得昏头昏脑了，实在想一头倒在无论什么地方，睡着了不要再醒，每日早上都是一样的，一个印子里出来的，脑子里全是家明，以前与家明所过每一日，都深刻地印在脑中。

我们的快乐，我们之间无谓的争执，我们的计划，我们的欢笑，我们曾经共度的辰光。

那时候我是那么瘦，一张脸上没有一点点血色，没有一点化妆。他怜爱的目光，使我觉得我十分的强壮。

那时候他爱我。

后来我的车子经过落阳道，常常会想起那个男孩子。落阳道只有两个号码，只有两间洋房，都盖得小巧而有气派。这个男孩子住其中的一栋。

当然我不会登门造访，我不会做这种事，各人的习惯是不一样的，也没有这种必要，他要见的是丹薇，我不是丹薇。但是每次我经过那幢屋子的时候，我总会下意识地看一眼。屋外的影树在夏天的时候将会艳红如火。

我父母爱我，我兄弟爱我，但是他们没有时间来同情我，他们没有时间来帮助我。故人何处，救我离愁城内外。

每日我似一部机器似的，机械化地，有规则地做着我应该做的事，我不敢说我做得好，至少没有出毛病，然而一天过一天，又如何呢。

在马路上走，因为不再有人爱我，我只是芸芸众生中的一名，因为不再有人爱我。

过马路的时候我是茫然的，抬头看向天空，有时候有云，有时候没有云。穿戴得整整齐齐，天天上班，我这痛苦的上班，一天一天真不懂得是怎么过的，只不过是为了时间太多，要设法消磨，不然的话，在家坐着要变白痴了。

我不能够像以前那样，电话铃一响，先让它响个几声，然后不徐不疾地取起话筒，毫不犹疑地问："家明？"一定是他。那个时候，生命是那么肯定。有时候与他吵架了，拨了号码，他来接，故意不出声，他"喂"几声，便叹气笑道："好好，算了，算我错。"大家都活在肯定的世界里，当然他现在还是幸福的——他幸不幸福与我有什么关系呢？有关系的是我，我至如今还似踩在一朵云上，每踏前一步，每每惊得冒出一身冷汗。

又一日下班。我穿着一套豆沙红的丝裙，并不是为爱漂亮，有个朋友订婚，下班挑件礼物，顺便去一趟。

近日来必定是结婚的好日子吧？人人都争着结婚订婚，恐怕是黄道吉日。结婚也容易，只是如意郎君难觅，我要是再痴心地坚持地要等第二个家明，那我就永远嫁不出去，永远没有人愿意娶我，永远不会有人愿意与我养育孩子，没有人。

我该选什么礼物呢？香港可以花钱的地方太多了，简直不知道该怎么花钱才好，才想花就不见了。买一双银手镯吧，上面刻他们两人的名字——但是他们两人叫什么名字？得把喜帖掏出来看一看，买一双金笔吧。我每一家店每一家店的游览着，像一个游客，紧盯着橱窗不放。

然后又有人在背后轻轻叫我："丹薇。"

我猛然抬头，看到的是那张熟悉的脸，含羞的眼睛，瘦削的身材。

我惊喜地看着他，这么多人的大街上，黄昏中，他居然又把我认了出来。

但是他看清楚了我的脸之后，忽然结巴了，腼腆地说："对不起小姐，我老认错人，对不起。"

"喂！"我连忙叫住他，"你没有认错！"

他反而呆住了，"我没认错？你——也叫丹薇？"

"你忘记我了？"我坦然地笑，站在大街上，黄昏里，人来人往，忙得昏头昏脑，我说，"你已经把我认错过一次，记得吗？渡轮里，雾夜，我们喝过咖啡。"

他想起来了。他的脸慢慢地红起来："你——"

"你把我认错两次了。"我耸耸肩，"其实我不介意，你不记得了吧？"

他凝视我，以一种怜惜，但是陌生的眼光凝视我，然后说：“你是这么的像她。”

“谁？”我明快地问，“丹薇？”

他点点头，“瘦削的肩膀……”

我笑：“我其实已经十分的胖了，五年前，或许是，现在我简直是另外一个人，我不可能像丹薇。”

“你怎么知道丹薇是什么样子的？”他奇问。

“陈先生，我可以猜想得到。”

“你连我的姓也知道。”他惊叫。

“是的。”我微笑，“你要喝杯咖啡吗？”

“要，要，我请你，”他连忙说，“但是你是在买东西吗？等你买完再去吧。”

“OK。”我笑。

我们同进银器店，结果买了一双烛台，叫人包好了送去，那个酒会我自己是不想再去了。

他把双手插在口袋里，很自在的样子，仿佛我们是多年的老友，他的样子令人舒服，就凭那一点，那天夜里他吃醉了酒来用手搭我的肩膀，我才没有生气。

他永远像个大学生，那种刚自学校出来、惶惶不知终日的大学生，随和而温柔，但是世界对他残忍，这恐怕是不能避免的吧。

我们到一家有名的咖啡店去，两个人坐下，他叫的并不是咖啡，他叫了白兰地。

他说：“你胸前挂的是玛瑙珠子？”

“是的。”我下意识地低头看。

“很漂亮，配你这件衣服。”

“谢谢你。”

“在什么地方买的？”他问，“我喜欢这种半右羹的袋饰品。”

“不是我买的，我曾经一度有过一个男朋友，他到克孟都去，在街上买回来给我的。”

“哦。”他说，“他的欣赏能力很高。”

我微笑：“所以他才离开我，跟别人结婚去了。”

“哦，对不起。”

“没关系，这是我收到他的最后一件礼物，他是一个很礼貌周到的男人，他送很特别的礼物给我。”

“你想念他？”

“是的，每一日，每一分钟，我真不相信可以这么想念他。他的名字叫家明。”

“我明白你。但他不是好人，怎么可以这样子呢？无缘无故抛弃个女孩子。”

“他有他的自由，他有他的选择，为什么不可以？”我反问。

“但这却令你痛苦。”他说，“任何人不可以使另外一个人痛苦。”

“那是我的事。”我笑，“是我活该，我应该早就忘了他，如野火燎原一般地忘了他，寸草不生地忘了他。”

“多么好的形容词！”他说。

我又微笑。

“他忘了你吗？你是这么可爱的一个女孩子。”

我轻哼两声：“谢谢你，陈先生。”

“是对的，你是很可爱，那种一见使人亲切的女孩子。”

我点点头：“是不是因此就请我喝咖啡？”

“不。”

“是因为我长得像丹薇？”

“其实也不是。只是你们的肩膀，都那么微微往后斜斜地略倾一点，非常的像，也不过是这样。她是个……很嚣张的女孩子。”

我笑：“所有被爱的女孩子都是极之嚣张的。”

“你没有被爱？”他问。

“现在没有人爱我。”我说。

“你知道我最大的愿望是什么？”他天真地问，“是与一个志同道合的爱人到巴黎去玩两个星期。”

“我知道，你跟我说过。”我说。

“我到底说了多少？”他十分吃惊，“我把我的秘密泄露太多了，真是可怕。”

“丹薇与你可志同道合？”

“其实并不。她不喜欢画，我喜欢。她喜欢衣冠楚楚地去听歌剧，我痛恨。她不穿牛仔裤，其实我们并不志同道合。”他说，“我这么想念她，其实不过是因为我没有得到她，或者真娶了她，我们会天天吵架。”他耸耸肩，“吵架也是一种乐趣。”

“你不过是在找个借口，其实你深爱她，又怕承认了丢脸，是不是？”

“你太了解了。”他把手按在我手上，他特别喜欢这个动作。

“我的人生经验丰富。”我说，“我了解每个人。”

“我可否问你的姓名？可否约会你？”他问。

“我觉得是可以的。”我答，“你是一个很好相处的人。”

“尤其是喝醉的时候，是不是？”他笑问。

我不是十分高兴，到底再高兴的事我也经历过了，再高兴也不会高兴过那个时候，但是他约会我，我会出来吗？为什么不？忽然之间我在咖啡店中，大庭广众之间伸了个懒腰，觉得不好意思，笑了一笑。

不是每年都是1975年的夏天，我懂得。

他看着我，不解地说：“奇怪，才说你不像丹薇，但是丹薇就常常在猜也猜不到的时间伸懒腰。”

他是一个细心的男孩子，我会喜欢他，细心的人才有爱人的力量。他懂得看词，他留意到我胸前挂的是玛瑙珠子，他注意到丹薇的小动作，这种人常常爱别人多过爱自己，这种人是值得做朋友的。

“你为什么静下来了？”他问，“对不起，女孩子都不喜欢人家拿她比来比去的，以后不提丹薇就是了。”

我笑。

嘴巴里不提那才容易呢。可惜灵魂也需时时飞去。

“咖啡时间到了。”我说，一边把地址与电话号码写下来给他。“我得回家休息。”

"你疲倦吗？"

"我无意抱怨，我们这种超龄职业妇女，每天工作八小时实在已经太多了。"

"我送你回家。"

"不"，我笑说，"我送你回家——落阳道只有两个号码，两栋洋房。"

他笑了，非常含蓄的一种微笑，但是此刻在我眼中，谁也比不上家明。因为我爱他，因为我始终没有得到他，因为我再也没有碰见一个比他更好的人。

车子往落阳道驶去，路边有一个小摊子，卖耳挖的，耳挖插在草堆上，白茸茸的绒毛聚成一堆。那时候看见这种摊子，我老是停下来为家明买，家明喜欢挖耳孔，我总是为他选细的那种。

他很高兴我记得这些小事情，家明。或者隔十年八年我会把这些忘记，但是像一些梦境似的，这些琐碎的，无谓的，莫名其妙的小事，反而越来越清楚，到底是怎么一回事？我不懂得。

身边这个男孩子问："你在想什么？"

我摇摇头："没什么。"

告诉他有什么用？他是不会懂得的，希望有那么一天，我能够再见到家明，把这一切，从头细说给他听，慢慢地说，可是大概这种机会是永远不会再有的了。

拍戏

小方打电话来："子长，借你的房子拍电影。"

我说："拍电影不是可以搭布景？"

小方说："你是个生意人，你怎么懂？现在拍电影讲真实感，要借你屋子拍实景，你的屋子漂亮。"

"真实感？"我笑，"少男少女在草地上打滚接吻，也不考试也不念书，戏接不上了唱个歌，看来倒是我做人没真实感了。"

"你少揍人，你懂个鬼！你借不借？我们给租金的。"

"我还等你那租金吃饭呢，告诉你，我八点半出门，五点半到家，你一切工作人员要在五点半之前全部走光，我工作忙，需要休息。"

"是。"小方说，"你奶奶的，有点钱就唬人。"

我笑。

然后去上班。

没过多少天小方那个戏就在我屋子开拍了，下班的时候东西就有点乱，墙上有手印子。佣人与小妹一起发牢骚，说拍戏不好看等等。

我回房休息。

桌子上放一个剧本，我拿起一看，戏名叫《我爱咖啡不爱你》，我先是一怔，然后大笑特笑，小方真是乱害人的，差点没笑死我，这种电影的名字！这种电影导演。唉！世界上无奇不有。

夜间淋浴上床，甚感寂寞。有一理想的妻子多好，晚上可以陪我说话。这一刻是独身汉最难熬的，乱找一个女人上床也没有用，这种女人不会关心我的过去现在将来，人的本性是寂寞的。

躺在床上长久，看小说太用神，听音乐没心情，床很冷，现在取电毯出来太早。想开床头灯，没开亮，小方才来拍一天戏就把我的灯给弄坏了。

终于入眠，又是另外一天，我渐渐老了，三十五的男人没结婚总有毛病，不是性格不好就是性无能，我自问两者皆不是，怎么光棍至今。

天亮起来上班。跟小妹说："天天煎火腿蛋，明天换一样好不好？"

小妹呆呆反问："换什么先生？"

我想半天，叹气曰："别换了。"

然后出门。

回来小方等人果然都已离开，遵守诺言，墙上黑印更多。小方留字曰："拍完戏替你粉刷。"

真烦，替我粉刷还不是要搬出避到酒店去？

花园内花草也遭损害，我叫佣人向小方警告。

一连两三个星期就这么过的。

某夜小方来电话说："子长，我们开酒会，你有没有兴趣来？男女主角都在此地。"

我只说："去你的！"挂上电话。

想想真倒霉，有很多地方不想去，有很多地方不能去，所以只好闷在家中。

第二天还是上班。牛仔裤穿破了。自己的公司也有好处，可以穿牛仔裤上班。我不喜欢香港与台北的牛仔裤，穿着怎么也不对劲。有人身在英国，叫亲人在香港买了牛仔裤往英国穿，我是人在台北，托朋友在英国买牛仔裤往台北寄，妈的，乱成一片，人各有志。

把汇票寄出，人也回到家中。

小方正在指手画脚。这个人！才说他守信，他就赖在那儿了，不像话，我信步踱进去。小方还没见到我，他在教男主角怎么吻女主角，乐了，迟迟拍不成一个镜头。

我走到酒柜前面去拿了一瓶百灵坛十五年，倒出半杯，放进两块冰。

小工走到我面前吆喝："走开，走开！你是谁？这里拍电影。"

我走到沙发要坐下，看着小方。

小工骂："喂，你这人不是东西，你聋了？神经病？"

小方大吃一惊，赶走小工，连忙说："子长，你好早下的班，子长，咱们——"

我笑一笑，喝酒，我说："这年头，连回自己家都该死，怎么活呢？"

小方说："你奶奶的！那是小工，你大人不记小人过好不好？我们还有三五个镜头，你为人为到底好不好？"

我说："我认错好不好？"

"子长，你坐一会儿，休息休息。"

"对，就当自己家一样。"我又喝一口酒。

小方苦笑，又过去指挥工作人员。

我要找晚报，没找到，找到一个女孩子的大腿。不要误会，那双漂亮的大腿紧紧地包在牛仔裤里，她坐在我身边，因为这组沙发长，所以我没发觉她坐在那里。

她的牛仔裤下是靴子，牛仔裤之上是件白色丝的唐装短打，头发如云般蜷曲，一路披下来，在肩膀上，在腰上，纠缠不清的。

我张大了嘴，她也在喝酒。

有这么美的女子，明星到底是明星。小方说过，不要打开画报乱批评明星不好看，就算最不起眼的明星也比普通人好看十倍八倍，人家是靠什么吃的饭？靠脸呀！

这话恐怕是对的，小方说什么是内行人。

这女子就漂亮得惊人。

我向她点点头，她朝我笑一笑，伸个懒腰。

我再笨也会想点话出来搭讪，我问："从早拍到晚，可累了吧？"什么鬼戏？我爱咖啡不爱你，啥都有，拍这种戏会累，全世界的人都累死了。我怎么可以这样不要脸，太虚伪了。

她客气地点点头。

小方放工了，工人收拾道具服装灯光机器，他跑来擦汗道歉，我连忙说不要紧。现在当然死人也说不要紧，不能打他呀。

小方说："来，跟你介绍一下，我们的主角亭亭小姐。"

她又笑一笑。我心里想，哦，这么漂亮的女子有这么难听的名字。她真名字叫什么呢？

我咳嗽一下，小方却把我拉到一个角落去。

我说："你鬼鬼祟祟干什么？"

他说："这样的女子是不能爱的。"

我说："我没有要爱上她呀。"

"这样的女子是不能认识的。"

"你胡说八道些什么？"我问。

"忠言逆耳，子长，你是年轻有为的大好……"

我温和地微笑："我明白，我更明白我是一个寂寞的人。"

小方耸耸肩："可是那天的舞会，你为什么不来？"

"因为我不知道有这位小姐。她是怎么样的女人？"

"到街上买迭电影画报回来恶性补习好了，每一期都有孟亭亭的新闻。"

我说："谢谢你。"

小方说："子长，有很多女子是爱不得的。"

孟亭亭提起化妆箱嘴里哼着一支歌，听仔细了，那是："你你你你是我的小亲亲，为什么你总对我冷冰冰？"

我笑了。

小方说："有很多女子，单看外表是不能够算数的，子长，这你一定明白，你独身至今，想必眼高于顶，这次别翻船才好。"

我再笑。

这女子有一特别之处吸引人，不是年轻，亦不是貌美，小方并不懂得。这女子的神情好。我称这种神情为厌世的俗艳。

当下她披上一件银狐的大衣走了。那么厚的大衣下穿那么薄的衣服。银狐并不是银色的，也不是白色的，银狐是黑色的狐皮，只是黑毛上有一层雪白的枪毛，像落了一层雪似的，特别的怪异，很少人懂得穿这种皮裘。

她走了。

小方也走了。

我上床再倒酒喝，忽然之间有点疲倦。照说以我这种条件娶个太太不难，事是不能照说的。

这么大的房子，光是客房就有五间，有很多地方我一个星期也不进去一次。这么大的房子，没有一个女主人，虽然说女人只要有味道，够漂亮，但是不能光会唱"你你你你是我的小亲亲"吧？说实话，这歌真好听，好久没听到了。时代曲活该就是这样。

你你你你是我的小亲亲，为什么你总对我冷冰冰？

时代曲该这样，也该从这种女人嘴里唱出来。

第二天时间没到，我留下来不上班等他们来拍戏，我是很忙，忙得要命，但只要我喜欢，再忙也愿意留下来看她。什么都是借口，就是不喜欢，喜欢的时候，什么都挡不住，不骗你，没有苦衷，没有困难。

小方见到我惊讶："你不上班？"

我摇头："不上班，今天监工。"

小方看我一眼："妈妈的，这孟亭亭到底是孟亭亭，连你都会这样，好家伙，男人也就是男人，再读得书多，再清高文雅，也就是男人，孟亭亭真不是盖的！"

我笑。

"你晓不晓得，像你这种男人，她脚下是一箩筐一箩筐的呀，真不公道，有多少女孩子在深闺独守，孟亭亭的一双眼睛会放蛊！"

我不响。

"她人来啦，不晓得跑到哪里去了，恐怕是在参观你这所别墅。"小方说。

我转身。

"子长！"小方叫我。

我看着他。

"当心。有人送她一个七万块的钻戒，要她陪一个晚上，她说：'这种东西我家里放满一抽屉。'当心。"

"知道。"我简单地说。

她不在花园，不在书房，不在客房，不在游泳池。她在地下室打桌球。我找到她，向她微微一笑，她也向我笑一笑，她的眼睛呵。

我取过球杆，与她对打，她打得很好，非常的流丽，看样子玩这套的经验是不只这几年了。

三局我赢了两局，我们俩休息了一下。

我奇怪，一小时还没有人来找她去拍戏。

沙发上有一套原本金瓶梅，一本《新闻周刊》——做总统牙齿要白，詹姆斯·卡特是好例子。

她把书翻着，脸上露出诧异之色，但是什么都不说。我看书就是这么杂，难为她还发现了。

然后场记走来，他说：“孟小姐，下一个镜头是你。”

她朝我笑一笑，站起来跟场记出去。

我坐在沙发上，若有所失，将书本翻来覆去，再也看不进去，有美人可看，说要看书，傻子也懂得选择，她没有出现之前，我是一个最心静的人。这也是该心乱的时候了。

我靠在沙发上，小方进来坐在我身边。他说：“子长，孟亭亭这女人是爱不得的。”

我悲哀地看着小方，我走遍大江南北，只发觉一个可爱的女子，他偏偏好心地跑来告诉我这种事，他为什么要这么好心，真是的，这小方。一天说一百次，说得我不爱也想爱上她。

我说：“我晓得，你做导演的是先爱上她了。”

小方苦笑：“咱们这种独立制片，是瘪三，东借西凑来卖片子，怎么敢去追女明星？”

我默默地对着他，他把工作交给副导演，一直发牢骚：“真的，子长，咱们一块儿中学毕业，你运气好，老子有钱，十年来你也能干，把事业发展得这么好。看我，真没出息，真倒霉。”

我问他：“中饭与我一块儿吃吧？”

他索性打起瞌睡来。我不知道他什么时候出外景，带着他的男女主角出去郊外奔跑，用慢镜头拍女主角的头发在风中一飘一飘。不来这么一下子，不是国语片。

中饭开出来，小方跟场记说："请孟小姐。"

孟亭亭来了，端着一个饭盒子，就是工作人员常吃的那种，对小方笑一笑，坐下来，拿起筷子就吃，我替她盛一碗鸡汤，她自饭盒中抬起眼来，那双眼睛像星星一般的亮，漆黑深沉。

我中午习惯喝点酒，可是不想吃饭，穿着破牛仔裤陪他们，吃完饭之后，公司来电话叫我去，我便去了。赶到写字楼，做了许多工作，可是每一次抬头，都好像看到那双星一般的眼睛。

那日下班，小方已经走了。

女佣人偷偷跟我说："有一位小姐，在书房等你。"

我放下文件走到书房去，孟亭亭正在那里看书，见我进去，放下书，微微一笑。在这里的灯光下，她的嘴唇鲜红欲滴，化妆刚刚正好，一点也不过分，身上很随便的衬衫裤子，她笑一笑。

我却呆在那里，这双眼睛真出现在我面前的时候，我不知道说什么话才好，我坐在她对面。她留下来，当然是为了我，但是从头到尾，她没有跟我说过一句半句话。怎么可能。

我去倒了两杯威士忌，加了冰。一杯递给她，她坐下来，双腿随便搁在茶几上，有一种不羁，她温柔地笑着，好像这夜很长很深，好像这一夜是不会完的。

她开口说话，声音很低，她说："人人都说我是个爱不得的女人，可是从来没有人爱过我。"

我喝杯中的酒，她也喝杯中的酒。她是一个女戏子呢，但这么聪敏懂事可爱。

那日我们开了音乐，在书房跳舞，我们跳得很慢很夜。直到两个人累了，我开暖气，让她睡客房。我吻她的额头，她又抬头看我，她的眼睛呵，从来没见过那样的眼睛，从来没有。

那夜睡得很稳。身边有人的滋味不一定好，但是隔壁房间有人却特别舒服，有安全感。

天亮。我比她早起，匆匆上班，留字条给她，叫她不要走，等我回来，吹着口哨下楼，小方到。小方说："敢情好！女主角干脆睡这里了，也不用来回，省时省事。"他说这话是未尝没有醋意的。

到花店，选两打黄玫瑰，叫人送回家给她。送玫瑰花是最俗的行径，但是如果真送了，那女孩还真感激。这年头小气的男人多，不上路的男人多，自以为清高的男人多，故此女人收玫瑰花的机会越来越少。

急急忙忙办完公事。有一张图样犯了大错误，应该发很大的脾气，可是不晓得怎么样，就是没有说什么，心情令人诧异的好，做事快而又有效，非常的理想，难道这就是为了一双美丽的眼睛？

回到家中，他们还在拍戏。她穿一件黑色礼服，与男主角翩翩起舞，非常的美，见到我，偏偏头，一笑。我把文件放在膝盖上，坐地下看她拍这镜头，打心底里乐。

到她房间，看见已经整理过了，花好好地插在一只水晶瓶里，她的睡衣睡袍放在椅子上，拾起来可以闻到清幽的香味，睡衣是真丝的，浅咖啡色，我站在她睡过的床前良久良久。

下得楼来，他们已经收拾东西。小方说："再拍三天，大功告成。"听了这话，心仿佛缺掉一块，非常不快，可是又没有办法。

找亭亭，她在更衣室，我敲门，她说："进来。"进去的时候，她正套上厚毛衣，看到她的腰，很细很细，只有一点点，皮肤那么好看，一种蔷薇色，她很大方地转过头来。我只是微笑。

她说："谢谢你。"

"那是我的快乐。"我说。

"昨天真疲倦，在你家休息一天，今天可不能再打扰，我得上去拿东西，跟大伙一起走。"

我一怔，非常受打击，但是无法勉强她，只好说："请让我送你回家，我开车非常安全。"

她笑。我从来没有见过这么温柔的笑。

我说："请你等我十分钟，五分钟淋浴，五分钟换衣服。"

她说："我一定等，你别急。"

我没有误时，马上淋好浴换上一套比较像样的衣服，把她接到车中。

她问我："你用药水肥皂洗澡？"

我点点头。

我问她住哪里，她说了地址，我尽把车子兜圈子，她明明应该知道了，可是不出声，终于我问："我们去吃饭好不好？"

她轻声说："我家附近有个很好的餐厅，你要是愿意到那条路去，我们可以吃饭。"

我好不尴尬。

那家馆子是四川馆子，我们一吃就是四张饼。我一个人独吃三张。她很懂事，跟她吃饭太舒服，我真诧异，像她这么时髦的人做这种事会做得那么好，她为我倒茶，递烟，拿毛巾。把我照顾得好好的，好像咱们结婚已非一朝一夕的事了。

吃完饭我把她送回家，在门口道别。她肩膀搭着件皮大衣，只是微微地笑。我再舍不得走也只好走。她是那么美丽，美丽但不过分俗气是太难的事，她是怎么可以做到的呢？我弄不懂。

第二天又差人送花去她家。跟花店说："送三个月吧。"把钱都付了。

她还不是我的主妇呢，但是知道她会在我的家，即使是在拍戏，也还是好的。

小方说："你真追求她？她除了美丽，还有什么？真弄不懂，一点学识也没有的呀，而且出身坏，身后跟着的人都是流氓，动不动拔出来的是武士刀，你不怕，子长，你是半世的英明呀。"

我只是笑。什么英明不英明的。

小方说："以你的财势……"

我的财势——"我有什么财，什么势？"我反问。

我恋慕着她，请假陪她拍戏。

一个人便是这样，没找到对象之前，有无限的挑剔无限的憧憬，我以前心目中的女孩子是有幽默感的，不化妆的，学问非常好，家势要第一流，常常穿一套得体的西装，笑脸迎人。都想到了，可是当那个人出现的时候，却不是那回事，但是我的快乐却是加倍的，我从来没想到孟亭亭会把我吸引住，简直太难了。

我不懂得追求女人，尤其是她那样的女人，但是我知道女人喜欢花，喜欢衣服，喜欢珠宝，喜欢男人晓得她们爱这些。无论怎么样的女人，都不会拒绝这些，即使她不喜欢那个男人，花还是留下来了，摆在桌子上欣赏。一个男人如果连这些小事都不肯做，那证明他乌搅，根本连最基本的诚意也没有，活该让女人看不起。

可是我现在还没有到送珠宝送衣服的时候。

拍戏有小小休息的时候，我们在后花园散步。我一向很少去后花园，为她的缘故，我觉得这屋子是设计得不错的，只是为她的缘故。

她喜欢披着那件银狐大衣，像披一件旧棉袄般的随便，她喜欢我的牛仔裤，她说："可以穿这样的衣服上班？"我向她解释，那是我自己的公司。我们的话不多，有时候正当她说："天气真凉了呢……"剧务便会把她请去拍戏。

我把写字楼的工作挪到家来做，书房里堆满了图样，天气虽然还不冷，屋子早生起了火，温度是二十五摄氏度。对于温度，我是敏感的。

我不敢请她留下来，如果她愿意，她会暗示我。

我说："你们拍这屋子的镜头就快完全了呢。"

她说是。

"欢迎你常常来。"我说，"一个人住这样的屋子是寂寞的，你看得出来。"

她问："难道没有女朋友吗？"

我很高兴，女人到底是女人，她终于这么试探地问我，这是我的机会。我说："我没有女朋友，也从来没结过婚，我是独身的。"

她笑："这么有条件的单身汉简直不多了呢，不晓得多少女孩子在那里等。快快结婚吧，结了婚好让我们都死了这条心。"

她这样说，我简直不懂得怎么搭口才好，只好低下头来，真是，也是年纪轻轻的女人，太会说话了，这么面面俱圆，叫人怎么办呢？

她心里到底想些什么？这是不是拒绝我？

小方说："你好像没有太大的进展。亭亭跟我说你太纯太可爱了，令她觉得惭愧。"

我惊异地抬起头。

"从来没有男人对她这么淡，却又这么好，完全把她当一个人看待，太令她感动。如果你们要做'朋友'，那天她睡在这里没走，你就有这个机会。"

我说："我不需要那样的朋友。"

小方说："所以我说你们两个人是不一样的，子长，她不懂得你，你也不懂得她。"

我说："我何必要去研究她？"

小方说："我是一个拍戏的人，子长，有时演员技巧太好，便看不出到底是演戏还是生活，我弄糊涂了。"

我自己也有点糊涂，到底这样子往前进，追到了又该怎么办？我与她可是两个世界里的人，完全不一样的，她应该是一个十分好的情妇，我需要的却是一个主妇。

太寂寞了，一个人住在这屋子里，难得热闹一下，一闹就昏了头。小方又来劝一下，凡事是不能劝的，越劝越坏。而且她是那么的美，我是不后悔的。

最后的一夜，我请喝香槟，替小方庆功，预祝他成功。

小方很感动。喝了几杯，他感慨很多，他说："这种国语歌唱文艺片，一年有四五十部，多拍有什么意思呢？然而咱们不干这个，又能干什么？子长，在你眼中是可笑的吧？你是堂堂的大工程师，全世界都站得出去。"

我微笑，他真是言重了，所谓做一行怨一行。

孟亭亭温柔地说："来，方导演，咱们喝一杯。"她停一停，"多少人还没到你这种地位呢，盼都盼不到。"

她就是那么懂事。

小方说："亭亭，你真是可爱的，你与她们不一样，你从来不说要去美国读书，也不说不嫁圈内人。"

亭亭微笑："我没有资格说。"

小方问："你不是马上要去欧洲吗？"

"是的。"她说，"这戏告一段落就去。"

我的心一跳："去欧洲？"

小方说："她与她的男朋友。"

孟亭亭说："不，我们一大堆人是真的，赚了钱，不到处走走，又干什么好？听说你对欧洲最熟，可不可以推荐一下？"她看着我。

我的心往下沉，我这个人不是她生活中计划的一部分，我无法插足。

我沉着地说："来来去去是这几个地方，巴黎、罗马、伦敦、瑞士、维也纳，那得看当时的心情，风景说穿了不值一文，身边的人是谁才重要。"

孟亭亭微笑："话虽然不错，到底是走遍了这些地方。"

我也微笑，气氛有点黯淡。

小方说："我太太也希望旅行，可是我们要储蓄到几时？真是非常渺茫的。"他拿起酒杯，走到露台去。

我向亭亭笑笑。她说："人真是没有十全十美的。"

我说："你一年要拍多少部这样的戏？"

"说不定，最近我走了邪运，一年十部八部不定。"

"从欧洲回来……可不可以来找我？"我诚恳地问。

"你真可爱，子长。"她把手按在我手上，"其实为我……是不必这么复杂的。我想你也明白。"

我微笑："我不明白。在欧洲回来之后，要是想起来，请与我联络。"

"谢谢你。"她握看我的手。

她的手是这么软这么暖，我忍不住吻了一下，她笑了。

我说："希望这部戏拍完了，你还记得我。"

她说："一定。你真是太好了，子长。"

第二天回来，小方请来的油漆师傅正在整理墙壁，小方见我，打着哈哈，他说："昨夜多喝了几杯，闲话非常烦吧？子长，请原谅。这屋子真漂亮，你看看还有什么地方需要恢复原状的？请尽管说，下次还有交易呢。”

我说：“可以了可以了。”

小方说：“我倒看不出孟亭亭这么有良心，难怪她可以红得起来，人啊，就是凭那么一点儿良心过日子。”

我站到长窗前去。

小方说：“好，我走了，再见，子长。”

“再见。”我说。戏拍完了，这里又该静下来了，一切与没有发生过一样，我并没有追求到戏内的女主角，因为她坚持她不需要被追求，我们随时可以做朋友。

但是不管她人在哪里，我会一直送她花，送到她退回来为止。不管如何，对我来说，她是可爱的。

情书

我爱上了你。我爱了你三年，你不会相信吧？我自己也不相信，我爱你，我知道。你爱我吗？你不是那种为爱而爱的人，因为你是一个男人。你不知道，有种导演，专门拍一种爱情电影，男女主角专门绕着一根树奔着追逐痴笑，然后倒在草地上拥吻，他们说那是爱。那是爱吗？你决不会觉得那是爱，爱对你来说，是一种责任，我是你的学生，你是我的教授，你对我有责任，因此我相信在某一个程度来说，你爱我。你爱我吗？或者你爱你所有的学生，所有分数高、上课率高的学生。

我简直不敢相信我会爱上像你这么一个普通的男人，常常我走路回家的时候踢着石子，总是嘲笑我自己。你太高了，六尺三寸。你很健康，你头发有点白，也开始掉头发了，你少一只门牙，你说话英美两音混杂，听得死人，你在黑板上的字又草又糊涂，你一共只有三件衬衫，一进教室先卷起袖子，你脸上都是皱纹，你最怕热，时常一头大汗，你从来不是我心目中的男人。

你太高了，太老了，太健康了。

我一直想要一个秀气的，单薄的，怯弱的，孤芳自赏的男朋友。与你一点关系也没有的。

你实在太高了。

而且你的英文简直没有希望。但你是科学家，我知道没来咱们大学之前，你在美国工作过一个时期，你曾经在一个产铀的物理中心做过经理。我有一个神经兮兮的癖好，我喜欢科学家。

就是为这个爱你呢?

不是的。不是的。不是你，不是你。C先生见我伏在桌子上哭，是他先来安慰我的，他说："衣莎贝，别害怕，我保证你，只要你听，只要你温习，你会及格的。"我比及格超出多多，那一年那一科考了第四。应该是R先生，因为我洗锅子洗得慢，我站在那里一直洗，别人喝咖啡去了，然后R先生走过来，向我狂吼一声："走！"然后他为我洗尽了脏东西。应该是H先生，他毫不讳言，一见到我面便伸开双手，笑说："呀，衣莎贝，我心爱的学生。"也应该是L先生，他每走过我旁边，总拉一拉我头发。学校里有四十个教授，为什么是你?

我不明白。你从来没有把我当与众不同的学生，只不过每一课我都坐在那里，你偶然也看我一眼，三年来，我只不过是一个学生，为什么是你，我真不明白。

你甚至不漂亮！真气人。

呵不是的，你是漂亮的。不，你不漂亮。

我想起来了，你有一只耳朵是聋的，小时候你玩球，被人家踢聋了一只耳朵，也被踢坏了脊骨，一直没医好。上几个礼拜你病了几个礼拜。然后我看见你，我微笑，我说：“你好吗？”“好，你好吗，衣莎贝？”我问：“好。你还玩球吗？”

我记得你说：“啊衣莎贝，我老了，我不能再玩球了，看，我头发都白了。”你摸了摸头发，另一只手拿着一杯咖啡。咱们食堂里的咖啡像洗碗水。你腕上戴着一只金表，一定是你曾祖父给你的，表面都发了霉了。

但是你真是有那种姿态，你真漂亮。

我说：“你不在的时候，C先生说，他要把我们排在墙前，统统枪毙掉。”

你微笑。我真喜欢你的笑。真气人，你甚至没有金发蓝眼，而我却单单爱上了你。

因为你是那么温柔，那么自信，那么谦卑，那么耐心，那么可靠，那么了解，那么强壮，那么正派，那么有学问，那么为人着想，那么重视学生，那么的努力，那么的智慧。

他妈的，我就差没把老莎的：“我可否将你比作一个夏日？”抬出来而已。他妈的我真的不争气，不争气。

我们在一起有说过多少话呢，还真不到一百句。上课发问是不算数的。

我记得我说我有一个大哥，是化学工程师，我记得我说：“……他很老很老了，大概四十五岁。”

你马上笑，转头跟R老师说：“真够魅力，四十五岁是很老很老了。听见没有？”

你四十五岁吗？

同学们常常笑，当你与我同时出现的时候，论该有人以小提琴伴奏。他们说笑。但是我记得有多少回，多少回，我站在门口与同学或是别的教授说话，你的车子驶进来，我看见你就呆住了。

你开车的时候戴一副眼镜，白金边的，是第二年开始戴的，你上唇的胡子也是第二年留的，不是吗？我们实在没有说过一百句以上的话。

我第一次问你："你是博士吗？"

夏绿蒂事后说："衣莎贝，你怎么可以问这种问题？"

但是你没有介意，你微笑说："我只是硕士。"

我连硕士也不要瞧，我只喜欢科学博士。我不喜欢荷顿先生，因为他只是剑桥法律学生。

你只穿米色与咖啡色。你不喜欢蓝色，你不穿蓝色。你有一件很漂亮的狼皮大衣，也是米色的。你的衣服就应该是一个教授穿的，没有夸张，没有标新立异，你妻子把你照顾得很好，她是教小学的，我知道，你有两个女儿，大的八岁，小的五岁，我知道。全知道。三年来什么都知道。

你知道我多少？有一次在电梯里，你温和地说："服过分的镇静剂是不好的。"

我很难为情，不是为了考试。是为了很多很多其他的事。好像生活上的花前常病酒。你知道多少？服食镇静剂是无可奈何的事。你是不会明白的，学生的生活是这么沉闷，我不是一个聪明的人，我只知道死做，我连抽时间去看电影都要三思，所以渐渐把感情移到你身上，因为你是可靠的，像一棵大树，我很敬佩爱慕你，因为我过去的经验告诉我，像男人的男人实在太少了。

不过是因为这样。每日我从那条路走到学校，再自学校走回来，一个冬天，就把壮志磨尽了。

身体的疲倦，心的疲倦，精神的疲倦，做不尽，赶不完的工作，所以夏绿蒂说："我最烦的时候，便想嫁给A老师，不为什么，因为他是最值得信任的。"

这是很不公平的。把一个男人当一处逃避现实荫蔽的地方，只不过我没有得到过任何荫蔽，仿佛自懂事以来，不论刮风下雨，降雹下霜，天打雷劈，独个儿总是还得上路的，这些年来，虽然已经成了习惯，但总是向往那一种安全感。

这是不公平的吧。我不知道回了家你是怎么样的，你的衬衫也得有人洗熨呢。可是真不瞒你，我都不介意为你做这些工作，也许你放了学回来，我会做一个茶等你，我还能做汤面，我会告诉你，花都开了，是桃花，是樱花，是杏花？我会问你。你会回答吗？我会问你，金属过热系数跟钢铁建筑的关系，我会问你，打字机坏了怎么修，我会说，电费单来了，怎么去寄？我会问你，我爸爸生日了，要买什么？我会问你，都会问你，你是什么都知道的，不是吗？你会告诉我"0"就是"△"。

真的，我什么都会问你。

那时候星期三下午，我不必昏昏地睡午觉，我可以与你打网球。你看不看电影？你看维斯康蒂吗？你看衣曼纽尔吗？你在星期六干什么？抹车子吗？你做什么？改卷子吗？

你从来不给我们功课做，从来不。你甚至不知道我的字迹如何，考试的时候，你看了号码，便狠狠地扣分数，大公无私。你不知道我的存在，我只是那么一个学生，你对一切学生的态度是平等的。

在其他的老师面前我总有特权，多多少少，但对你，我与所有人是一样的。

但是你记得我的分数。

你说："衣莎贝，你可以做理科，回家后独自修物理，去考试，因为你天生好奇。你从来没学过理科，两年都考了第四名。"你微笑，有时候你的记性居然不错。

但是你放学回了家做什么？看报纸？看电视？

我并不认识比你更温柔强壮的男人。我甚至不想伏在你肩上大哭一场，只要见到你，我便心落了地，脚踏了实。三年来我挑不出你的错，你是太公平的一个人。

我从来没有跟你说过，我很寂寞吧，放了学，慢慢地走回家，洗衣服也成为我娱乐的一部分。

有时候太累了，倒在床上，手上拿着笔记，无线电唱着歌，嘴巴里含着巧克力，我眼睛看着天花板上的灯光，忽然悲从中来，就睡着了。一直睡到天亮，还是那个姿态，衣服也不用换，做着连绵不断的梦，永远不会梦到将来，都是过去。像拍电影似的，一幕幕上来。醒来也没有什么，淋一个浴，换上干净的T恤，又开始新的一天，做不完的工作。常常忘了关无线电，二十四小时，永远有音乐，有时半夜醒来，听到很好的歌，像鲍勃·迪伦的《摇鼓先生》，有一夜忽然到十一点半，睡不着了，听到一首歌叫《祖莲》，是一个女人唱给另外一个女人听的。她唱："……祖莲祖莲，不要抢我的男人，你的美貌，你的才干，你碧绿的眼睛，你金色的柔发，我不是你的对手，你可以挑任何男人为伴，祖莲，但是我没有他不能活，呵祖莲祖莲，我请求你，不要将他抢走，祖莲……"

我叹了一口气，惆怅旧欢如梦。

转转身仍然睡了，把过去未来扯在一起，是最最没有味道的，要生活，只生活今天。

像我这样，每天早上还是笑嘻嘻的，见到老师们大叫一声："早！"

可是见到你，我总还是很文静，像第一年生那样，避不过你了，又找不到地洞可钻，所以只好含糊地称呼一声，低头而过。第一年我要克服我以前所有的生活习惯，我没有时间笑。但是你总是对我好的。

我猜想英国大概有三万间大学，每间大学里起码有三百个工作人员，总有好几十个是像你这样的，所以你根本不算什么特殊人物。

上课的时候，你总是说："明白吗？唔？"

大家合上书本，作其明白状，我则有难题必问，问到发昏为止。

还有几个星期我就要回去了。

找一份工作？不大可能，我会过着那种吐血去看白海棠的日子，睡到十二点整，起来，陪下班的父亲吃顿午饭，说几句话，父亲回写字楼，我再回去睡觉，睡到四点起来，打扮整齐，去喝个下午茶，回来吃饭，等父母睡了，开始工作，把写好的稿子放在客厅的茶几上，父亲会替我航空挂号寄出。

我甚至不走出门。

可是我没有告诉你，我实在是很向往户外生活的。

有一次咱们打泥球，你没把我认出来，我急忙用毛衣套住头，你没把我认出来，因为你不能想象天下间就有那么一个人。

我也喜欢划船，打网球也不错。只是我没有时间，大多数时间，我要温习，我要工作，我要睡觉，而且每天我至少要花三小时以上的时间来研究为什么人家都比我幸运。我真的不明白，为什么别人都轻舟已过万重山了，我还如个纤夫般，头点地似的扯着我的重担。

我不能把这些告诉你，你怎么可能明白。

也许你也有你的麻烦，你说最近不了解孩子们了，你买一只唱机给女儿，女儿不喜唱机，喜欢那只盒子。

我记得我小时候，常常用空的牙膏盒子做小房子，用刀片割开窗门，都可以开合的，那仿佛不过只是昨天的事，我与弟弟，两个人肩依肩，背着母亲缝缝拼拼的书包上学。我们都是好学生。

当然他已经忘记我了，他现在是皇家工程师，他忘记我了。如果我当真成了大作家，我也会忘记他的，我记得他，因为我没有遇见更好的，如此而已。什么是好，什么是不好？我想问你，我有一百万个问题要问你，我父亲不能为我解答，我兄弟远离我，我有一百个问题要问你，你可否为我回答。

今天是星期五，宿舍里的人纷纷约好外出，吃一顿中国菜，逛逛街，拖着外籍男同学，散一天的心。我可以做什么呢？我会慢慢地走回宿舍，打开我的法律课本，法律这一科对我有催眠作用，五分钟打开，五分钟后已经睡着了。然后半夜之后，他们回来的喧哗声会把我吵醒，我迟疑一刻，不知身在何处，然后再睡，星期六继续温习法律，星期天也继续，日子总要过的，我已经等了十二年了，不介意再拖下去。

可是这些日子值得珍惜，别人总不如我那么留心身边的事物，即使是一只售热巧克力的机器，我都喜欢它，它在F楼，放进三个便士，便有一杯热巧克力会出来，那味道叫人吐舌瞪眼，小时候吃的泻药巧克力，就差不多，但是大家都用那只机器，大家依在走廊里说话，我总是看着窗外的白鸽。

有一次我问你："你会一直教书吗？"

你答："是，我爱教书，教书跟演戏剧差不多，学生是观众。表演得好，学生多，表演得不好，没观众，我尽力而演，我喜欢教书，这辈子我决定以教书为终身职业。"

也许。

我上你的课，你明白，是因为我喜欢你。你记得去年，咱们选科，我在一张白纸上填上老大的两个字："土产科技"，然后签个名。没有后悔，没有犹疑，不跟别人。

夏绿蒂予我以老大的白眼。

我这一辈子做事，总还是以人的因素为主，如果你教的是会计，说不定我就选了会计。

日出日落，简直一点意思也没有，除非找到一个合心意的人。

有一次我到你小小的办公室，看见你案头放着家庭照片。女儿的，父母的，妻子的，真是，时髦的人都这样，他们喜欢把幸福陈列出来，其实是不是幸福，谁也不大清楚。

我喜欢你，因为你知道我不是一个聪明的人。你否定聪明，你说："衣莎贝，聪明没有用。"（我被聪明误一生）你喜欢我，是因为我苦干。

百分之九十九的人看见我，就说："……你聪明……"

我聪明还会到这种地步？我就是不聪明，做什么都尽了力，尽了心，结果事倍功半，到头来谁也不见情。你微笑，倒是你明白了，你说："……别太自卑，能力是有的，只是你太没有信心。"有着十二年的失败支持着我，我还能有信心吗？至少你知道我是勤力的。

像P那个笨笨的男朋友，一日跑来跟我说："喂，你不知道，P在上课的时候，说了一句最最纯正的英文……。"P的英文口音不好，一听就知道是香港中下等英文书院口音，就因为她说得不好，偶然有所进步，故此连她那蠢头蠢脑的男朋友都大喜。

像我这样，说得好是应该，说不好是活该。谁也没说过我英文讲得好，除了我自己，我很会自得其乐，老鼠跌在秤盘上一番。

只除了一次，我在房中看书，温带了一个洋小子来，叫我到理工学院看电影，我皱着眉头说："……理工学院……不不，我去了那里，会心碎，一去就想起我弟弟。对不起，我不能去了。"

那洋小子就瞪起了眼说："我从来没听过外国人能说那么好的英文。"

正宗牛津口音，你知道。不过普通会话兰郡口音是很浓的。从来没有人说我英文讲得好，没有人。连你也不说我英文讲得好，其实我的英文好过你的多多。在学校里，英文比我准的只有夏绿蒂与荷顿先生。像李斯里，他一开口，我们就嘘他："说法文！说法文我们还听得多一点！"他是新堡人，那口音真令人昏迷。

三年过去了，你还是要继续教育英才的。英才。真是英才。我们以三分一的时间等电梯，三分一的时间等咖啡，另外那三分一的时间泡在酒吧里。

我运气不好，来迟了十年。我运气不好，因为我不够聪明。常常嘲笑自己：猫落了平阳了，白白与这样的人在一起，脸上居然还得挂一个笑。

你那日在课上说："我请助手，老是请不到，因为助手要为我抄笔记，记录复杂的仪器，又得为我洗玻璃瓶子，抹工作台子，有什么人有两种能力，双面性格呢。"你停一停，"后来我动脑筋，决定用两个人，一个人做粗工，另外一个做细工，结果皆大欢喜，问题解决。"

我的问题是无法解决的。远远地看着你，不过是一种精神的寄托，我一点也不要接近你，越远越好，像一棵大树上最高的枝梢，叶子刚长出来，翻过来，是深绿，翻过去，是浅绿，我喜欢以那样的距离看你，最最安全的距离。有时候也会偶然想起你，但不是那种心痛的思念。

这种感情，据说往往是婚姻最好的基础，一种无关痛痒的爱，像爱一幅梵高的画。

你可喜欢梵高？以前我去看病的医生，他喜欢梵高，桌前悬一张梵高的《向日葵》。我永远不会知道了，我永远没有机会知道了，你晓不晓得梵高，一个科学家对于画家的观点。

只不过因为我是真的寂寞了，真的寂寞了。我也老了呢，你难道看不出来？我也老了。我的笑是假的，假的，在我身边没有朋友，没有朋友，没有可说话的人，没有可说话的人……没有。

你还有你的学生，你的观众，我有什么。我是一无所有的人，连跟在身边的傻子也没有一个，连提提大衣，缚缚鞋带的人也没有一个。然而每日早起，我还是努力地微笑着，我说话，被人打断着，日日与僮仆接近着。巴不得最后的几个星期可以结束，回家关在房间里，把别人的幸运忘记。忘得一干二净，甚至在梦中也不要出现，连你也是，我不要你在梦中出现。

过去的全过去了，考完第二天便上飞机，在飞机上要开始忘记，不能想起。我们活在不同的环境里，因为我这样偶然来了，遇见了你，你想那机会是几分之几？你相不相信缘分？当然离去，我也应该偶然地把你忘记。

我不相信嘉洛琳蓝勃式的爱，夜夜在拜伦的园子里呆立不去，一个总督夫人，色若春晓，写信给拜伦的佣人，苦苦哀求那佣人开门给她进去见一见拜伦。

这算什么呢。真是强人所难，这种牺牲，简直是令人难为情的，真是令人难为情的。

如果我跑到你住宅前去站着，那又算什么？吓坏了你与你的一家，对我来说，有什么好处，当然我也是自私的，不然我不会写这样的东西。可是，现在我不相信爱人是这种表演，爱是一种责任。

像你，当你在食堂坐在我对面，大家微笑，而你问："衣莎贝，好吗？"我认为那就是爱了，我认为在那一刻里，你爱我爱得不得了，足足令我高兴一整天。

而我，我怎么爱你呢？

每年当我接到考试卷子，当我选三题你的题目，做得几乎满分，当我交上卷子的时候，我认为我再爱你也没有了，这难道还不是爱吗？我是深爱你的。我不能再爱一个人比爱你更多了。

现在我的肩胛上是有责任的，我不能为任何人而死，如果你跑来跟我说："衣莎贝，我们私奔吧。"我就会蔑视你，如果你这么说，你也不是男人了，你也有你的责任。我要回去的，我父亲在等我，我父亲在香港接我回台北，好像我从未去过台北一样。我怎么可以跟任何人私奔，开玩笑。

所以你始终是一棵大树，在我过渡时期，最最寂寞的时候，我仰望于你。我仰望于你。

也许在考试之后，我会到你的办公室去，跟你说："生命基本上真是叫人失望。"

但因为你读的是理科，你一定会说："看，衣莎贝，看这星辰月亮，看天然的定律，你应当感激上帝予你生命。"

所以问了等于不问。科学家总是善于安排生命或是生活的，他们把一生都计划好了，像一条复杂的算术，一步一步地做下去。一切在意料之中，有什么快乐可言呢，所以科学家的情绪永远是平静的，除非他们发现了一个新的细菌，或是一个新的定律。

另外一种情绪稳定的人是聪明的女人，她们也为生命计算好了，如何赚一点钱，如何结婚，如何生子，如何以她一切力量控制着她身边一小撮的人。

幸运的人不是没有的，但决不是我。

每次我看见你捧着一迭书，匆匆忙忙地，从一个课室走到另外一个课室，我很怀疑生命，生命与生命的偶遇，数日，数月，数年。生命生自另外一个生命，像我与我母亲，人与人之间的关系，像我与我的同学，像宿舍中的邻居。看上去仿佛只好躲在一间房间里，永远躲在房间里。我怕人。因为我无法与他们竞争，因为我没有能力与他们竞争，所以我只好躲在家中，一间房间里。我喜欢看杂志，当然，我喜欢看世界上发生了什么事。火灾、地震、战争、贪污。穷人在做什么，富人在做什么。我还是躲在一间房间里。

这三年来，我天天暴露在外头，与人接触着，我实在害怕，我害怕考试，因为考试也是竞争，我无法与任何人比，即使是一个最最普通的女人，与她比起来，我注定也是要输的，因为她没有东西可输。

我真是害怕。我没有把这些告诉你吧？我常常昏睡不醒，有人喝酒，有人狂赌，我睡觉。

有时候我想起父亲，我们如何到一间小戏院里，当我念小学的时候，看白潘的《春恋》，就是他与我。如何他领了双薪，带我到中环最好的“皇冠”去买衣料，让母亲为我手制一套新衣。如何我们去配新眼镜，在过海轮上互相考验眼力。如何我们坐在屋外乘凉，爸总不让我失望，买冰淇淋给我吃。以前我总是提及我的兄弟，那只是虚荣，现在我决定，我是我，他们是他们，他们的成功与我的失败无关，我的失败与他们的成功无关，这么一来，就很心安理得。如果我有时间，如果你有时间，我都愿意把这些告诉你。

有时候，我很累很累的时候，我想走到你面前来，疲倦地问：“我可不可以将我的头，埋在你怀中三分钟？”真是好问题，我永远不会问，当然。后果太严重了。

所以我就要走了。

当你在改我的考试卷子的时候，我已经走了。

这三年在我生命中如浮光掠影，完了就是完了。在去年，我认为我学得很多，知识带来了狂喜，今年我只是把身体拖来拖去。有人来接我顺道上学，我少走半小时路，方便是方便了，但是心中有一种耻辱，为什么？走路？还是忍受一种侮辱式的妥协？这种小事时时使我睡不安稳。正如一个男学生，邀请我出去，我决不肯出去，因为我不喜欢他，贪图一点点热闹，太犯罪了，如果有时间，我也想问你，为什么我会那么想。

当然你不是心理学医生，但是我想问你。

或者只是与你走一段路，我只要走在你身边，心里就满足了，走过草地，走过牛油杯黄花，走过那池塘，吹皱了的春水，走过那些树，一直走。只要走一段路就够了。偶然我或者可以抬起头来看你一眼。

啊完了这三年，一切苦恼挣扎努力失望工作，完了，以后一辈子，我与你无法再见面了吧？十二年前我爱过一个人。他走了以后，十二年了，我未曾再见过他。我有时候想：他与你是否有点相像？他是否也是在小大学里教书？有可能，但十二年以来，我没有再见过他。他消失了。六年前，我又爱过一个人，我仍然有机会见到他，一年一次，有时候两年一次，我一共不过与他说过五十句话。那是我的恋爱生活，其余的人，来者自来，去者自去。爱一个人，多多少少要尊敬他、看得起他。可惜的是，我爱的人都不相信我会真爱他们，如果我告诉了你，你也会一笑置之吧。所以我很久没说这种话了，也没有说的机会，通常只是说：喜欢，或是相当喜欢，或是不讨厌，如此而已。

但是对你，是不一样的，我很敬佩你，仰慕你，将来总会碰到一个类似你这么样的人，但是心情又不同了，时间又不同了，一切都不同了。

现在每星期三见到你，我总是仔仔细细地看着你，心要几乎有点疼痛的，没有多久了，你的神情你的姿态，就要见不到了。人家还有机会回来再读几年，可是我呢？我早说过，你不是什么特殊人物，但是我没有机会了。

这几个星期来，真是有一种痛苦的愉快，一边听课，一边做笔记，一边欣赏你，但是你是明白的，是不是？三年来，从一个学生默然的笑，默然的神色，你多多少少有点明白的吧？

一会儿我又要独自走回宿舍去了。天空仍然是那种特有的蓝灰，人家都去吃茶玩乐了，但是我却得缓缓地走回去，换下衣裳，洗个澡，然后睡在床上，想一些永远想不通的问题。我是多么多么希望你在我身边，多么多么的希望。但是没有关系，这不过是另外一个周末，无数周末中的一个周末。而我……就要回去了，回去再过一个类似的周末，永远的周末，不同的地方。

少爷

那一年夏天，我记得婆婆来“借人”。婆婆并不是真的婆婆，全村的人都这么叫她，她又住在我们隔壁，于是我们也叫她婆婆。

妈妈不肯让她借我。

妈妈说：“她都快嫁人了，飞机票都定好了，还出城去做什么，说不定又见些不应当见的东西。像王家的阿英，出城一次，如今还穿什么迷你裙，婆婆，你找别人去吧。”

婆婆说：“这么急，你叫我哪里去找？不过是帮几个礼拜，收拾点家务，难道玉桂不肯去？我那头东家，是极好的，不然我怎么一做就十八年？如今他们大少爷要回来了，我一个人忙不过来，人家要找一个清爽的孩子，待遇决不会错的，包在我婆婆身上。我知道玉桂要嫁人，这又不是坏事，算是帮我一个忙吧。”

妈妈很为难：“她又没做过这种事……”

“是”，婆婆抢着说，“但这是家庭里平常事儿，难道也干不了，帮我一个忙。”

妈妈说：“你这老货，真拿你没办法，玉桂，你说如何？”

我不响。

婆婆人很好，照说帮她这个忙是应该的。她主人家忽然多添一个人，工作自然吃不消，又有酬劳，于是我点点头。

婆婆笑了："好孩子！"

妈妈帮我收拾一点衣物，送我出去，她对婆婆说："我可把玉桂交给你了，多多照顾。"

婆婆说："放心，我负全责。"

在船上，我看着海上的风景，正逢炎暑，大家那热得熬不住，婆婆也解了领头取凉。她问我："玉桂，快嫁人了？"

我点点头。

"嫁到外国去．你放心？"她问。

我笑笑。其实伯父伯母都在外国移民了十多年，嫁的是表哥，虽然多年未见，却还记得他是个头等老实的孩子。以前老是护着我，不让其他的顽童欺侮我，如今照片也见过，他并没有变，帮着伯父伯母开了一间中国餐馆，去了，也可以回来，我有什么不放心的？

"这么多女孩儿，玉桂，我看来看去，还是你最乖。"婆婆叹了口气，"谁娶了你，也是福气。"

我觉得有点尴尬，便把话题扯了开去。

婆婆说："我那家东主，姓赵，一位小姐，一位少爷，少爷自幼送到外国读书，两年回来一次。今年暑假，恰巧他回来，本来也没什么，偏偏他家小姐订婚，忙这忙那，应付不过来，天天客人多，我成天钻在厨房里，连倒茶的空当也没有，你去了，不过是做做这种事，重头功夫，另有人来干，放心好了，晚上跟我睡，我那房间收拾得很干净，又有电视机。”

我还是点着头，在家等着嫁人，多难为情，不如出来见见世面好一点。

赵家住在半山，虽不是洋房，却是很豪华的住宅大厦，我们乘电梯上去的，婆婆自己有锁匙，开了大门，先让我见了赵太太，太太倒是很和蔼可亲，吩咐我每天扫扫地方，抹灰尘，换一换花，或是买点水果、点心，收拾房间之类的工作，我静静地听着。

赵小姐斜斜躺在沙发上，正在搽指甲油呢，一边竖着十指尖尖的手，一边笑着跟她母亲说话，我从没见过这么好看的女子，约莫二十四五岁，穿一条极短的短裤，一件毛巾衫，那脸上的明媚，是很难得的。

婆婆把我带进她的房间，坐下来说："是不是？我早说了，没什么事的。"

可是那位少爷呢？

婆婆很忙，连忙准备起晚饭来，忽然说少了葱，没办法蒸鱼，连声嚷死。我笑："哪里就死了呢，我去替你买。"

婆婆说："你不晓得，这里半山，卖菜市场在山下，绕石级下去，来回都半小时，怎么好叫你走？"

我说："没关系的，我走一次好了。"

婆婆说："既然去了，再买点其他的东西，见了水果，无论什么，越多越好。"她一边把钱塞给我，一边吩咐着这些那些。

我出了大门，向山下走去。婆婆年纪大了，自然要走半小时，我二十分钟就回转来了，况且太阳也已下山，虽然还是蒸蒸的，也不十分热。回到赵宅，客厅一个人也没有，我依婆婆嘱咐，把水果放在玻璃盘内，只见饭桌上放着一副筷子。

我愕住了，不是说很忙，客人很多吗？怎么只得一个人吃饭？

婆婆解释："本来有人请吃饭，一家子都请去的，就是少爷，说不要见人，不肯去，所以独自在家，他爱吃鱼，所以非蒸鱼不可，这位少爷，每次回来，脾气都怪了一点，饭后你跟他泡一杯茶，就没事了，看看什么要收拾的，就收拾。"

我点点头，这份差使倒也容易。

摆上了饭菜，少爷自露台进来，向婆婆道谢，看了我一眼，我立在他身后，他吃完了一碗饭，我伸手去接碗，他说："我自己会盛饭，你别站我后面，我吃饭叫人看着，还怎么吃呢？你走开。"他皱着眉头。

我吓老大一跳，不知道是什么意思，只好退到婆婆房里去看电视。看来婆婆做这份工也不简单，多多少少受人气，由此可知吃人家一口饭，终究是难的。

婆婆问："他不准你替他盛饭？"

我说是。

"他跟太太说：'最看不惯是家里请佣人，待得人家不是人，谁没手没脚呢？偏偏要人侍候，看妹妹，连床铺都不理了，像什么样子！'这位少爷，是个怪人。"

我微笑，原来是这样呀。

赵家很晚才回来，我与婆婆早睡下了。第二天清早，我收拾了客厅，安排早点，待他们一家出去了，又收拾房间，婆婆下去买菜，你别说，琐琐碎碎地干起来，也很多事，一会儿送花的来了，一会儿又来收牛奶钱，我在少爷床边见到两双脏皮鞋，便趁着空当，替他拿到后面去擦。

才在太阳下干着，就有人问："你在做什么？"那声音没有昨日那般激动，却也很不高兴。

我抬头，是少爷，他怎么找到这里来了？

"少爷，你等鞋穿？"我急问。

"你干吗替我擦鞋？"他蹲下来，拿了布，自己抹了起来。

"我是来帮工的。"我说。

"你服侍小姐去。"他看我一眼，"别管我。"

我僵在那里，不知道说什么才好。

他又看我一眼："你几岁了？"

"十八。"我只好答。

"不念书，跑出来做工干什么？快跟你父母说去，要读书，人不读书是没有用的。"

婆婆提着菜篮回来了，听见这话，就笑："少爷，你真是，玉柱就快嫁人了，女孩子，念什么书？"

少爷白婆婆一眼："我小时候看你，倒很好，如今年纪大了，反而糟得很，什么话都不能说了。"

婆婆放下菜篮，坐在小凳上说："少爷，我是看着你长大的，你每次回来，总不高兴，害得太太老爷担心事，干吗不听听他们话呢？留在家中，娶房媳妇——"

“得了得了！”少爷说，“你懂什么？也帮着说口。”

婆婆笑：“我不懂，难道老爷也不懂？”

“他也不懂！”少爷霍地站起来。

他瞪我一眼：“你站在太阳底下干什么？昨天为了一条葱，奔了半日还不够？”

我真呆住了，没见过这样的人呢。

婆婆把他推出去：“你去干你的正经事！难道你又不是在太阳底下，你别理咱们下人的事！”

“下人”，他喃喃地说，“谁是上人？”

我笑了，婆婆也笑了。

这少爷，真是怪怪的，长得好清秀，怎么这种脾性。

又过一天，小姐带了几个女朋友回来，那相貌那装扮，真正花团锦簇，我看女明星也未必有这么美呢，看样子是特地为少爷介绍来的。但是少爷独个儿呆在录音机边，用耳机听着音乐，四大皆空，和尚似的，我都见惯了，不以为奇，只是为这些小姐们派着点心、水果、茶。

忽然少爷向我招招手，我走过去，他把杯子给我，说：“麻烦你，替我泡个茶，要昨天那龙井，你泡得好。”

我点点头。

“谢谢你。”

我刚说不用，他已把耳机又套上了。我只好替他泡茶。

婆婆做了七个人吃的饭菜，真亏了她的。一大群女孩子嘻嘻哈哈拥上来就吃，个个小姐似的，一动也不动，等着我们侍候，这一顿饭，把我与婆婆走得脚底都磨薄了——一会儿要毛巾，一会儿要橘子水，一个要可乐，一个问有没有葡萄酒，虽然是个热闹的场面，但是弄得杯盏狼藉，我与婆婆看了只好摇摇头，慢慢地收拾。她们退到书房去吃水果了，只有少爷一人，还在听音乐，他根本没有吃饭，只喝着我泡的那杯茶。

没多久小姐出来说："小妹，你跟我们泡一壶咖啡，牛奶要热的，可是不要滚，快点！"

少爷忽然脱了耳机，向着他妹妹喝道："你自己不会弄？你的手断了？"

小姐一怔，我傻在那里，也忘了收拾碗筷。

小姐说："大哥，你发神经？回来就找我的碴，没一刻停，我吩咐佣人做事，你当着这么多人脸嚷嚷干什么？我哪里得罪你了？"

"我看不惯你们那些好吃懒做的德性！一会儿全给我出去！我不要看着这些女的！烦都烦死了。"

我连忙躲到厨房去做咖啡，吓得半死，他们两兄妹犹自在客厅吵闹，等我捧着咖啡出去的时候，小姐与那班女朋友，已经全走了。

婆婆看我一眼："不喝了，收拾了吧。"

我莫名其妙，只好闷声不响地又把杯子、瓶子、壶拿回厨房，这一家人真怪，叫我们怎么做好呢？

我用湿布抹桌子，婆婆又在劝少爷了。婆婆因在赵家做久了，很有一点力量，少爷也颇不出声。

婆婆说："妹妹是妹妹，都嫁了，她是掌上明珠，千金小姐，自幼惯了的，她又不知道咖啡放哪儿，你把她轰出去，这可也是她的家啊。"

少爷说："让她们出去喝个够，带了群脂粉妖怪来，真受不了，借故赶走她们也好。"

婆婆说："那都是为你介绍的对象。"

"要命了！"少爷忽然笑了起来。那笑脸是很漂亮的。

婆婆转头说："玉桂！别呆耽着，去煮碗面给少爷，他还没吃饭呢。"

"噢！"我应了一声。

没想到少爷跟了进厨房，自己弄了起来，倒头头是道，我与婆婆只有看的份儿。

少爷说："掌上明珠，嘿！谁不是谁父母的掌上明珠，有几个钱，就可以吆五喝六了？最看不过眼！"

他一边说着，一边把青菜虾仁放在面中，一下子香喷喷的弄好了面，捧出去吃了。

我与婆婆对笑一番，我们肚子也饿了，于是也吃起饭来。

婆婆说："少爷真是好，老爷也一样，据说老爷白手兴家，开了一家小小的厂，与太太熬到今日的，少爷事事亲力亲为，品格好，相貌好，学问好，真正难得的一个男孩子，谁要是嫁了他，福气。"

我笑了。是的，这位少爷，与众不同。其实小姐也不算过分，不过少爷实在太好了。

每天他不是看书就是打字，穿一件旧的白色布衫，一条洗得发白的牛仔裤，一双拖鞋，他很少上街，要不就听音乐。小姐常常喃喃笑着咒骂他，他不以为意。少爷不吸烟不喝酒，从来不见他有不规矩的行为，除了跟他妹妹抬杠之外，一点不良嗜好也没有。

日子过得快，渐渐我们熟了，我发觉他真是个值得倾慕的人。他无论对谁，都和蔼可亲。

一日在家闲坐，他帮我们包饺子，婆婆赶他不走。

他说："暑假过后，回去包给同学吃，哈！"他用手擦擦鼻子，很得意的样子，鼻子上沾了面粉还不知道。

婆婆说："老爷太太见了，我这份差使就丢了。"

我默默地笑。

他看我一眼，"你总不说话。"他说。

"我？"我一怔。

"是，你呀。又穿着唐装短衫裤，头发短短齐齐，一眼看上去，真像二十多三十年前的打扮，仿佛不是现代的人，是以前的人，闯到这里来了，一定不惯吧。"

婆婆说："少爷说的话，我们听不懂。"

"玉桂，你懂吗？"他问我。

我说："少爷说我是个过了时的人。"

他笑了："还少爷少爷的，真过时了，我倒问你，你念书念到几时？"

"满中二。"我说，"不过是乡间中学，作不得准的。"

他笑："妈呀，真对不起，我又走了眼了。"

婆婆瞪他："你以为乡下人都不识字，好欺侮？"

"我可没欺侮你，婆婆。"少爷说。

"说出来可别脸红，十五年前我第一天上工，拿橡皮筋弹我的是谁？"婆婆笑。

少爷红了险，包的饺子益发歪七缠八了。

婆婆一手拍开他的手："你别玩了，少爷，一会儿等着吃吧！都叫你弄坏了。"

他洗了手，还在厨房坐着。他说："婆婆，这次回来，只觉你还可以谈谈话，其他的人，益发乏味了。"

婆婆说："少爷，你娶了老婆. 组织个小家庭，精神有了寄托，就不会这么慌慌张张了。"

少爷白她一眼，又是那句老话："你懂什么！"

婆婆也气了："你再说这话，我告诉太太去！"

他笑了，我转过身子，也笑。

婆婆使我去买姜花，他要开车送我去。

我连忙摆手不敢答应，他没好气了，他说："我在外国，还跟店铺送汽水呢！谁又没做过这些工作，将来你嫁了去做老板娘，说不定我还来讨假期工做，那时候，又怎么说？"

我的脸红得像火烧似的。

婆婆摇头说："这孩子越发疯了，跟他去吧，他们自外国回来的人，另有一套，没上没下，什么都不理的，没奈何。"

我于是跟他下楼取车，坐上他的车，我看看自己，像什么呢，身为乡下妹，也就像个乡下妹，穿着短衫裤，一双最老式的皮鞋。

我的世界，不是少爷的世界，少爷的世界，又不同小姐的世界。

我的世界很浅很薄，但是我满足；小姐的世界很广很宽，她很快乐，少爷的世界太阴沉了，深不见底，我也弄不清楚他到底是高兴抑或不满意。

照规矩他做人好像是十全十美了，简直没有遗憾，应该是很开心的，读书读得这么多，地方又走得远，见识广……为什么他总还是看不过眼许多事呢？

车子向山下驶去。

他说："你不说话啊，为什么？"

"我也不知道说什么才好。"我说，"我不会说话，怕说错了，你见怪。"

"谁不说错几句话？真是！"他说，"你年纪小小，这么谨慎，有什么好？"

"少爷你年纪也不大，怎么一直训人啊？"我鼓起勇气说。

他笑了。

"嫁到外国去，你情愿啊！"

我点点头："是我表哥，每个人都问这个问题，为什么呢？"

"这不是盲婚吗？"他笑问。

"盲婚？"我涨红了脸，"怎么会呢？我是见过他的。"

"没有了解的婚姻，都是盲婚。"他说。

"什么叫了解？"我糊涂地问。

"你知道他想什么，他也知道你想什么。"他说。

车子已经停了下来，市场已经到了，但是我还是说："少爷，为什么呢？为什么我要知道他在想什么呢？有什么好处呢？他自想他的事，我为什么要管他呢？我不要了解他。”我傻傻地说。

他忽然呆住了，一手把着车门，一动也不动，大热的太阳晒在他头上，他汗淌下来，然而浑然不觉，他就那么站着不动。

我急了，这次可说错话了，可是说错了什么呢？我说错了什么呢？

少爷忽然说："玉桂，咱们回去了。"

我急说："买花呢，来到此地，不买就回去了？"

"不买了，走。回家有话跟你说，咱们说话要紧。"

他上车，我也只好上车，他飞车到了家，婆婆见我俩空手回去，才去了那么一阵间，也不敢问，只是一脸的惊讶。少爷吩咐她做两个冰冻柠檬茶，然后他把我叫到露台上，叫我坐下。

露台上落着细竹帘，花盆里开着成球的香茉莉。竹帘一丝丝的影子落在少爷的脸上，衬衫上，身上。

家里也是这样，用竹帘的，将来我到了外国，总是会得想家的吧。

我看着少爷，不知道他要跟我说什么话。他是大学生，我是他家帮工的，有什么话可说？

婆婆捧来了茶，放下，稀奇地看了我们一眼，走开了。

少爷用手帕抹了抹汗，他说："玉桂，我想问你几个问题，你听了，不要想太久，就回答我，好不好？"

我怀疑地问："是什么啊？是我答不出的呢？要你问我飞机是怎么飞上去的，我怎么知道？"

他笑了："不，不是那些，那些我懂。"

"你有什么不懂的？"我不置信地问。

"好，你听着了，我要问你了。"他一本正经的。

我倒没有什么紧张，我也很罕纳地看着他。婆婆说他有点怪怪的，我看不只怪呢，然而他必定有他的理由吧。

他问我："你爱你未婚夫吗？"

我松口气，原来问这些，虽然很难为情，但少爷是个正经人，决不会讨我便宜，但答无妨。

于是我答："现在还不知道，如果见了面，他是值得爱的，当然爱他。"

少爷问："可是你一去就嫁他了，你怎么知道他是不是一个值得爱的人？如果错了，岂非太迟了？"

我摇头："错不了的，我父母说他好。"

"你信你父母？"

我诧异："少爷，父母不信，信谁？"

他又不响，隔了很久，他问："父母能力有限，你信不信上帝？"

我笑，摇头："信上帝的人不外想上天国，因为地狱可怕，我从不想那么远的事，做人，做完了人，就做完了，人人都会做完的，哪怕得了那么多，不如不想，多想也没用，少爷，我没念过什么书，我是不大想的，我只要有饭吃，有衣穿，就很高兴，你问婆婆就知道，我是一个很快乐的人。少爷的脾气不好，就是因为想太多了。我觉得妈妈把我嫁出去，很好，若不嫁时，在家帮工，也很好，在我来说，少爷，没有不好的事。”

他看了我很久，然后低下头，问我：“你觉得活着有意思吗？”他问得这么重复。

我耐心地答：“少爷，咱们已经活了这些年了，再没意思，也活了，也没死，总得活下去啊，活着跟有没有意思，有什么关系呢？”

“唉呀！玉桂！”他倒在藤椅子上。

婆婆奔出来：“什么事，少爷！”

我慌忙地站起来。

只见他躺在藤椅上大笑：“唉呀，我弄明白了，总算弄明白了，多谢玉桂，多谢玉桂！”

我莫名其妙，不知他谢我什么，但见他笑就好，我就没得罪他。

后来老爷太太小姐回来了，大家就吃晚饭，我忙着帮婆婆做菜，一身的汗。没多久，小姐的未婚夫也来了，长得真漂亮，我跟婆婆说：“这间屋子里进进出出的年轻男女比画报里的明星好看得多呢。”

婆婆说：“都轻薄得很，长得太好了，也未必是什么美事，小姐那夫君，也很浮，你看久了就知道，小姐将来未必幸福。”她们老人家都喜欢算将来的事，“我看最好是少爷，没有一处不好，就是那股傻劲，也是难得的，我在他们家做了这么些年，他对我，真是好，倒是我，有时候反来教训他几句。这次他走了，又不知几时回来，他是越来越不耐烦呆在家里了。你呢，玉桂，走了也不回来了，也该忘了婆婆了。”

我笑说：“婆婆，上菜吧，别多说了。”

这天以后，少爷说我不久要离开家，到很远的地方去，就要带我到处走一走。婆婆不反对，我也不反对。我很喜欢与少爷接近，与他说话、讲笑，都是很有趣味的。老爷太太也不说什么。小姐投来活泼泼的一眼，她以她一贯的娇憨说：“其实哥哥最坏，最坏的人是看不出来的。”

少爷带我到浅水湾山顶去。

我虽然也住在香港，却没去过这些地方。

我仍穿着我的唐装衫裤。有些人看我，有些人不看我，有些外国游客问我是什么地方买的，他们也想要。

少爷说：“我从来没见过像你这么自然纯朴的人啊！玉桂。”

我笑答：“这不过是换句话，说我土罢了。”

他不出声，只是微微笑着，他说：“你且是个稍有大聪明的人。”

我说：“哎哟，少爷，开什么玩笑。”

因为他是这么和蔼可亲，所以渐渐我说话无拘无束起来，他说了很多事给我听，说一个物体最小是原子，原子要还有电子、中子和质子，我只好听着。

后来他问：“你去了外国干什么？”

我答：“在他们家的餐馆帮工。”

少爷想了一想说：“唉，大概不会用得到原子问题。”他停了一停，“大概什么都用不到呢，你看婆婆，十年前我问她：‘婆婆，你晓得水为什么会滚？’婆婆瞪我一眼说：‘放在火上煮，当然就滚了！傻子。’”

我笑了。

我说：“但婆婆是一个好人，这一点也不影响她。”

“是呀。”少爷皱起眉头。“你看这百合花，他既不收也不种，但是我老老实实地告诉你，所罗门王最荣耀的时候，那装饰尚不及他呢！”

我温柔地看着他。

他问我：“你高兴吗？走得累不累？”

“还好，不累。”

“只有你，听我的话，从来不腻，我妹妹说我是个痴子。”少爷含笑说。

我笑笑。我不相信，那些漂亮的小姐们，如果他肯对她们说话，我相信她们也一定非常耐心听，只是他不说罢了，有时候我真奇怪：将来少爷娶的，是个什么样的太太？

婆婆说我福气好：“难得呢，哪里都走遍了，那些有钱人去的地方，我活了这些岁数，也没到过。”

少爷的假期到了，他开始收拾行李。我帮着他。

他问我：“玉桂，将来你会不会想起我？”

我点点头。

“为什么想起我？”他问。

“因为你与别人不一样，因为你对我很好。”我说。

他也点点头。

老爷太太买下很多东西给他带过去，都得很小心地收拾。

他又说：“玉桂，将来你结婚生子，儿女叫什么名字？”

“我不知道呢。”我笑说，很不好意思。

“我写两个名字给你，如果你家里不反对，就用这两个名字。”他在纸上写了四个大字。

我看了一眼，一个名字叫凤仪，女孩子的，另一个叫龙现，男孩子的。

我笑了。

“笑什么？”他问。

“我的孩子，将来又不做皇后、皇帝，取这种名字做什么？”我笑道。

他叹口气：“说你聪明，原是不错！”

少爷走了。

他走没几天，我也走了。伯父伯母他们催我走的。

到了那边，我与表哥结婚，表哥人很好，我们的小家庭很开心。餐馆的生意也不错，生活清苦一点，但是我很能适应新环境。

没过几年，就添了两个孩子，一男一女，并没照少爷起的名字，名字是孩子祖父取的，叫明儿与英儿。可是不知道为什么，我总是想起那一年婆婆来借人的事。那位少爷，真是个不可多得的人物，我常常想，他结了婚没呢，他的妻子，是不是完美如他呢？

我想再隔三十年，我还是会在路上把他认出来的，他是那么的一个好人。这少爷。

赛车手

我认识司徒杰奇的时候，刚巧在事业上失意，想在感情上找出路，因此特别留心有“可能性”的男人。

在一次酒会中，看见他白衣白裤地坐在一角，神情寂寥，便自动走过去与他打招呼，他是一个英俊的男人。

这是我第一次主动勾搭异性，因此显得有点生硬。

我走过去跟他说：“你好，我叫安比比。”

他看我一眼，有点诧异，并没有介绍他自己。

我有点尴尬，耸耸肩，喝一口酒：“怎么？”我问，“是不是有太多的女人向你介绍自己，以致你感情麻木了？”吊儿郎当地充作老手。

他笑一笑：“小姐，你略为喝多了。”声音很温和。

我马上沮丧起来，我真是什么都做不好，连这种不需要天才，只将利用天赋本钱的事都做不好。

我失意地说：“我没有喝醉，失败的人什么都做不好。”

他面孔上的寂寥一扫而空，笑出来。

“你想做什么？”他问。

我说：“约你出去喝一杯茶，让你送我回家，恢复做女人的信心。”

他微笑：“我很愿意这么做，可是我是今天酒会的主人，今天是我结婚七周年纪念日，那边站着的是我的妻子，你说，叫我怎么办呢？”

我吃惊：“你是司徒杰奇，那个赛车手？”

“怎么，”他睁大了眼，“你不认识我？你是怎么来这个宴会的？”

“我认识你，可是，我不知道你会这样出现。”我越说越离谱，舌头打结，“不讲了，”我长叹，“我想我还是回家早早上床吧。”我站起来。

“小姐——小姐？”

我头也不回地走开。

司徒家在郊外，叫车子不容易，我站在门外，给凉风一吹，余下的酒也醒了。

我跟我自己说：安比比，你这是为了什么呢？为什么跑到这种地方来呢，为什么不在家看一本书，喝一杯热牛奶，第二天好好地去上班呢？

正在后悔，并打算重新做人的时候，一辆跑车的引擎咆吼两声，停在我身边。

我先退后两步，停神一看，车里的人正是司徒。

“你——？”我哑然。

“上车来。”他笑，“你现在可以带我去喝茶了。”

我涨红面孔。

“上来吧。”

“你走得开？”我问。

“事到如今，还问这种问题？”他很富幽默感。

一路上我沉默。

他驾驶技术大胆、流丽、熟练，名不虚传。

我又问：“你太太不怪你离场？”

他不在乎地说：“安小姐，你大概没有留意报上的花边新闻——已经传过我俩要离婚不止一次了。”

我很震惊，偷偷地看他一眼。

他也在看我呢，我的心剧跳起来。

他既好气又好笑：“怎么？觉得自己已经蹚了浑水，洗也洗不干净了？”

“不，不。”我否认着，巴不得有个地洞可钻进去。

他说：“你还出来泡呢，真是的。”他仰起头笑。

我看着他英俊的面孔，眼角细细的皱纹，忽然生气了：“以后我手段就纯熟了，你走着瞧。”

他眼角弯弯：“是吗，我等着瞧。”

我们的关系就是那样开始的。

是一段很不健康的关系，我知道，我不该那么轻佻，而且他有妻子。

第二天我就收到他的花，约我出去喝茶。到了这个时候，我因觉得自己非常出丑，对这件事很退缩，不肯接受他的邀请，更加做得不大方，只觉自己一辈子都没这么倒霉过，心灰万分。

他好言好语安慰我，我便将我所有的不快向他倾诉，他有一双好耳朵，全部接受我的怨言，我胸中的阴霾一扫而空，只觉像触电一般，我恋爱了。

我不懂得他看中了我什么，我问过他，他不肯回答。

友人知道我与他走，非常担心。

——“他有妻子，司徒太太以前是出名的美女，现在还不差，你不是敌手。”

——“司徒杰奇出名的风流，你自己当心，比比。”

——“他时常在外国赛车，连他妻也不能时常见到他，你又有多少机会？”

但我确实爱上了他。

司徒问我：“你不怕吃亏？”

我温和地反问：“吃亏什么？就算我们的关系终止，我也不会少了眼睛鼻子，别忘了传统男女关系上的得失观点已经改变，我们两人都很快乐，这已经足够。”

他不出声。过了一会儿：“我妻子不肯跟我离婚。”

这是他第一次与我谈及他的家事。

“为什么坚持离婚？”我小心地问。

“为了自由。”他说，“她不让我出赛。”

“她担心你的安危。”

“我岂能现在退出，跑到她父亲公司去，做一个有名无实的经理？这是我的职业，她若忍受不了，我们只好分手。事实上她确是嫁了一个赛车手。”

我不敢插嘴。

自那次之后，他没有再提过他的妻子。

杰奇到蒙特卡洛出赛，带我同往，我们住在碧绿海岸的豪华酒店内，但我寝食不安，我开始了解到他妻子身受的痛苦。

司徒与欧洲的没落贵族、新暴发户、记者、明星……谈笑风生，我却为他的安危暗自伤神。

一次又一次跟他去验车、试跑道，我的心像要自胸腔中跳出来。

他把这一切都看在眼里，忽然冷冷地对我说：“我希望你不会像我妻子那样，劝我回头。”

我忍不住反驳：“我不会那么做，因我没有资格，我不是你正式的妻子。但是如果你，只希望我跟着你吃喝玩乐，像你带在身边其他的女人那样单顾享乐，我也做不到，我到底是关心你的。”

他的脸色缓和下来。

我悲哀地说：“如果你不需要我，我可以马上离去。”

“我需要你。”他说，“但是你要给我自由，这是我的职业。”

我忍着眼泪答应了。

他出赛那日我没有到现场去，我坐在酒店的房间内观看电视报告。我握着拳头，直冒冷汗，好不容易捱到赛事完毕，看他捧着银杯，被一大群人拥着他离去，我崩溃在沙发上。

我问我自己："安比比，这真是你理想的生活吗？"

正在这个时候，酒店房门被人敲响，我去打开门，外头站着一个优雅的女子。

她伸出手来，"是比比？"

我马上知道了："是司徒太太吧？"她是那么美丽。

她苦笑："想你现在也知道了，我的日子不好过。"

我绝望地看着她。

"你爱上了他，是不是？"

我点点头。

"可是，他并不需要人爱他，他要的是胜利、掌声、金钱、名誉、美女。"司徒太太说。

我呆视她。

"但既然有人爱他，我倒放下了心，可以松口气。"她苦笑，"可以看得出你与她们是不同的。"

我跌坐在沙发里。

"那么我可以退出了。"她再加一句。

"你真的能够退出？"我问她，"你仍然这么关心地，要退你早就可以退出了。"

她也坐下，一张脸背着我，轻轻说："我们都太过了解对方，是不是？"

我微笑："你不愧是司徒太太。"

"熬下去吧，"她说，"我要走了。"

我抬起头来。

“希望他也爱你。”语气中并无苦涩。

她翩然离去。

我未见过更大方更美丽的女人，她爱司徒，但是完全不要求任何代价，她甚至可以将他交给另外一个女人。

而我，我是一个卑鄙小人，破坏人家的家庭……我更加为自己悲哀了。

司徒回来了，他连淋浴都没时间：“来，跟我去庆祝，好几百人在等着我们。”

我退缩：“我不去了。”

他脸上有一刻的恼怒：“你又在使性子了。”他随即温柔地问：“为什么？我又在什么地方得罪了我的宝贝？”

“不，”我说，“你太太刚才来过。”

他沉默了一刻：“我们先去庆祝，慢慢再谈这件事。”他央求。

他永远是胜利者，我实在不忍扫他的兴，要说话也不在这个时候，我毅然说：“好。”

他高兴了，吻我的脸，我们一起到俱乐部。

在那里数百个男女聚在一起，像举行嘉年华会一般，开香槟酒如开汽水，痛快地享乐，一见到司徒，他们便围上来。

我因为太过不开心，所以找酒喝。

司徒没有空暇看着我，他早已成为核心人物。

我坐在一角独自喝酒。

客人来来去去，并没有注意到我，我又不屑自我介绍，说：

“我是司徒杰奇的情妇。”

糟透了，当初认识杰奇的时候，再也料不到会这么困惑与痛苦。

我喝了很多，情绪开始好转，我微笑，觉得一切除死无大害，能够与司徒杰奇在一起，再痛苦也是值得的，人活着还不是为了这一点点虚荣心：每个人都想努力地与众不同，即使本身不能在江湖上闯下名堂，做过司徒杰奇的情妇也是一项殊荣。

我可没有爱上他，我自嘲地跟自己说：“我跟他其他的女人并无分别，我爱的是他的风头、金钱、英俊的面孔、美好的身型……”

我靠在长沙发上，喝了又喝。

等到司徒发现我的时候，我已经很醉了。

他笑：“比比，瞧你，太贪杯了。”

“我们回去吧。”

“拿你没辙，唉，真没想到我会被你收服。”他扶起我。

我说：“杰奇，我并不爱你……我——”我在这个时候“咕咚”一声栽在地上。

以后的事我什么也不知道。

可以了解的是：我很明显的出了丑。

第二天早上在旅馆中醒来，我头痛得要裂开来。

杰奇在浴室剃胡子。

他看我一眼：“怎么，醒了？见我太太一次，就受那么大的刺激？”

我托着头说：“有没有止痛药？”

他问："她说了些什么？"

"没见过那么高贵的女人，她什么也没说。"

"连你也堕入她壳中。"他冷笑。

我服了亚斯匹林："我觉得你对她有偏见。"

"偏见？不如说这是长期的研究结果。"

"她为什么要做一场戏？"

"好让你内疚喝醉出丑。"

我微笑，"真奇怪，夫妻开头往往是相爱的。"我说，"爱恨其实只有一线之差。"

他看我一眼，抹干面孔："你呢，你对我如何？"

"你可不可以改行？"我苦恼地问。

"改行，你真的要我改行？"他反问。

我点点头。

"我能做什么？现在我与公侯伯爵晚膳，周游全世界，赚漂亮的年薪，比比，世上一切都有牺牲有代价，天下没有免费的事，我放弃这一切，就变成一个普通的人，你以为你还会爱我？"

我不出声。

"世上没有十全十美的事，你将就一点好不好？"他笑，"至少赛完车，我可以与你在欧洲玩个够。"

也许司徒太太说得对，他并不需要爱，但是我自己也不十分肯定，如果他变为一个非常普通的人，我还会不会这么着迷于他。

"在想什么？"

"司徒，我不知道该何去何从才好。"

“想离开我？”他笑。

“你还笑得出？”

“你才不舍得离开我。”

“你太托大了。”我说，“但即使我离开你，你也毫无损失。”

“没有损失？”他冷笑，“没有损失？”

他紧紧地拥抱我。

我们随即到欧洲去了，游遍了湖光山色，我一生中再也没有更畅意的假期。

司徒说得对，世界上每件事都要付出代价，如果我真认为一切是不值得的话，我可以离开司徒。

但是他给我这么多的快乐……

我们一直在一起，每年他会出赛数次，在那几天中，我简直痛不欲生，整个人浸溺在苦海中，但每当赛后，我又渐渐复苏。

在这一年中我没有再见过司徒太太，但是我已成为司徒的正式女友，很多人认得我，知道我。

司徒曾经狡猾地说：“比比，再也没有人会要你，每个人都知道你是我的女人。”就是这样。

我在矛盾心情下度日，一时我是全世界最快乐的女人，一时我又是最痛苦的一名。

时间过得快，我已经失去我的工作，失去自我，依附在司徒的身上。

长此以往，我想离开他也不行，他把我照顾得那么好，车子、房子、衣服、首饰，要什么有什么，他只要我跟着他走，陪伴他。

平时他的心情很好很明快，是个最佳的伴侣：风趣、大度、豪爽、周到，而且专一——信不信由你，他没有旁的女人。

但是，他没提到结婚的问题。

以前他说是司徒太太不肯离开他，现在呢。

以我俩目前的关系，应该无话不说才是，但不知怎地，我比以前更矜持，他不开口我不出声，他不自动给我的我不会向他要。

连我都觉得自己僵。

二十八岁生日那天，他带我出去吃饭，将一条钻石项链系在我脖子上。

他说："比比，对不起，浪费你的青春。"

我眼睛濡湿了，女人就是这么容易心软。我说："没认识你之前就早没青春了。"

"要嫁个好的男人，生儿育女，也不是没有机会的。"

我说："放弃了这些机会也不足惜。"

"嫁给我也可以，但是你不知道什么时候做寡妇。"

我一惊，手中的香槟倒翻了少许。

他说："这是实话，我太太已答应离婚，我们已经办妥手续，但你会不会嫁我？"

我呆视他。

"哪一个赛车手不是死在跑道上？没有一个能及时退休。"

"不要说下去！"

"何必逃避现实？比比，你应当知道这是事实。"

我将头伏在桌子上不响。

“比比，你考虑考虑，想想与我结婚是否太差。”

我知道，在他来讲，这算是求婚了。

我低下头：“司徒太太……”

他打断我：“我们已经离婚。”

“好，我考虑。”

他又高兴起来：“比比，祝你生日快乐。”

“谢谢。”我也勉强地笑，“干杯。”

“比比，我这个人不善表达感情，你应知道我对你的心意。”

“我全知道。”

这么多生日，以这个过得最最难忘。我深爱司徒，嫁与不嫁根本无所谓，一张婚纸并不代表什么，我知道自己的心。

他说：“下个星期，我要到利曼去。”

我的心立刻抽搐。

“最后一次。”他说。

“最后？”我忽然听到最坏的兆头，“不！别这么说。”

“怎么了？”他莫名其妙，“你听了应该高兴才是呀，不老是叫我停止赛车吗？”

我回过神来：“怎么，你肯改行了？”

他耸耸肩：“没法子，想学做生意，若失败的话你注定没福享。”

我笑了。

“为什么还要到利曼去？为什么？”我问。

“女人真是贪得无厌。”他诧异地说。

我惭愧，便不再出声。

他的妻子恳求他七年，他都不肯放弃赛车，而为了我，他一下子就下了决心，我不应再多言语。

这真是我最快乐的生日。

到达利曼，当地的报纸照例大页大页地刊登着他的消息与照片，把他捧到天上去。

同时他也透露了将要退休的消息，更加引起轰动的反应。

记者访问他：“正当盛年，退休不可惜？”

他微笑答：“为了我所爱的女人，并不可惜。”

读了这样的报道，我落下泪来。

这是最后一次提心吊胆，以后再也不用彻夜不眠地等待他回来，听到车子引擎声不必心惊胆战，我们可以到幽静的小镇去隐居，可以有时间生儿育女，细说过去，详谈将来。

他的优点并不单靠名气存在，我相信我们可以相处得很好很好。

如果司徒不反对，我们可以生很多孩子，柔软的、粉红色、天使般的孩子……想到这里，我心花怒放。

利曼大赛我破例坐在现场。

广播员对着看台的人山人海作出报道：“七号是司徒杰奇，稳操胜券，这是司徒退休的最后一次出赛，司徒是著名的常胜将军……”

有一个人的手搭在我肩膀上。

我抬起头："司徒太太！"我诧异她还会出现。

"我不再是司徒太太，相信不久将来，你会做司徒太太。"

她坐在我身边。看上去仍然风华绝代。

我忍不住兴奋地同她说："司徒决定退休了。"

"是吗。"她淡淡地说。

"怎么，你不相信？"我问她。

她淡淡一笑："这话我每隔两三年总会听一次，他戒不了这个瘾。"

"什么？"我如堕在冰窖中，"以前他也说过要退休？"

"他对外也宣布过退休，我可以将剪报给你看。"她声音越来越冷，"这是他一贯的伎俩，于是你感动了，他的目的也达到了。"

我忽然对她起了反感："如果他骗我，那也不过是为了讨我欢心，这是值得的——他不爱我的话，何必这么麻烦？况且我相信他，他一定会为我们的家庭退休。"

"你很有信心哇。"她讽刺地说。

我却柔和地答："做人若没有信心，那就不是一个快乐的人。"

她的脸色苍白了，站起来离去。

可怜的女人，她至今还是这么爱司徒。他们到底是因什么分手的呢？不单是为了赛车吧，将来司徒总会告诉我。

赛事开始了。

奇形怪状，彩色缤纷的车子在跑道上排列好，助手们卖力地作最后检查，彩旗一挥，跑车呼啸而去。

我一颗心吊了起来。

司徒的七号车紧紧地被八号与三十七号紧跟，车子如子弹一般地咆吼而过，观众兴奋地发出呼叫，大部分站了起来。

报道员叫道："这条赛程有三个死亡弯角，但司徒杰奇曾在此处出赛三次，其中两次荣获冠军，对司徒来说，不成问题……咦，怎么一回事？司徒的七号车滑胎——"

我霍地站起来，车子并不在我视程内，我的喉咙像是被一颗铅堵住了。

"七号车滑胎！"报道员狂叫"撞向三十七号！"

我听到一声撞击声，像是一颗小型炸弹爆炸，随即冒出一阵黑烟。

我吓得心撕肺裂，刹时间救火车与救护车立刻出动，报道员大叫："意外，意外——"

我奔过去，司徒的助手一把将我拉上车，观众乱成一片。

我掩住脸哭了。

到了撞车的现场，救护人员正将一个焦炭似的人抬出来，我尖叫："不！不！"崩溃下来。

助手刮打我的脸："这不是他，这不是他，镇静一点。"

两辆车子在焚烧，司徒亦在担架上，救护人员将氧气面罩覆在他脸上。我趋向前去，瞪大了眼睛，手足无措。

助手拉起我："一起到医院去，快。"

我们钻进救护车。呵天，我最恐惧的事终于发生，我将脸埋在手中，发出受伤野兽般的呜咽声音。

助手说："别这样，比比，控制你自己，他生命力强，不会有问题。"

我看到司徒一只手臂被炙烧得血肉模糊，更加不能控制地狂叫起来。

救护人员替我注射镇静剂。

司徒到达医院时昏迷不醒。

我反而静了下来，最后一次，他说是最后一次。如果他就此死了，那么真是最后一次，如果他逃得过这一关，我相信也是最后一次。

我整日整夜不眠不休，守在医院，眼泪已干，心脏也仿佛停止跳动。

到第三天早上，医生出来告诉我："安小姐，回去吧。"

我瞪着他，完了，我想。

谁知医生微笑说；"他完全脱离危险期了，你明天可以来与他谈话。"

我抓紧医生的手，怔怔地说不出话来，浑身的细胞一个又一个地活转过来，开始有知觉了，只觉腰酸背痛，累得要摔倒在地。我回去睡了一整天。

司徒的生命虽然没有危险，却尚得留医一大段日子，炙伤部分要移肤治疗，断骨要驳回，又得怕他有并发症。

他还顶幽默，说道："我如果毁了容，你会不会嫁别人？"

我板着脸："没希望甩掉得我。"

"比比，你生日那天，我说要退休，是骗你的。"

我静静听着。

"但是现在，我决定真正履行诺言。"

我冷笑："从鬼门关上兜了个圈子回来，自然怕了。"

"那倒不一定，聂奇劳达毁了容，戴住面罩也要再战。我是为了爱你。"

"谁相信。"

他笑："不相信？我倒是相信你爱我，不然何必吓得瘦了一圈。"

我咬牙切齿："司徒杰奇，当心我扼死你。"

护士推门进来，听见了掩住嘴："他？扼死他？不好吧，才费了九牛二虎之力救了他。"

我伏在司徒身上偷偷地笑。

最后的胜利者是我。

而司徒以后再也不会赛车了。

一张书桌

我常与茜茜说："化妆台可以不要，镜子可以不要，书桌是一定要的，我们必定要买一张书桌。"

茜茜说："省着点吧。搬了家之后，只剩下五千元，还有很多东西要等着买，最低限度要买个冰箱，昨天那一瓶大橘子汁硬是坏了。"

我嬉皮笑脸地说："天气都这么凉了，买一张书台吧。"

"随便你。"茜茜说。

她天天早上对着浴室镜子化妆，我们的新居只有一张床，厨房里办了一点零零碎碎的食物，衣服都堆在皮箱里，要穿什么取出来，穿完了又搁回去，懒得到家，茜茜仿佛是没有怨言的。

傍晚我们吃很简单的饭菜，然后去逛家具店。

茜茜说："好的买不起，坏的又不想买。"

"我们去看书桌吧。"我说。

"得了，谁不知道你是大作家？"茜茜没好气，"几时红起来？一天到晚看书桌，我想去买一架电视机看电视。”

“电视顶不好看。”我不以为然。

“做你老婆顶难。”茜茜回我一句。

我们还是一家家家具店看着，书桌很贵，花梨木的书桌都要好几千块一张，买不下手。

“我们去看旧货如何？”我建议。

“我顶不喜欢旧东西。”茜茜皱皱眉头。

“只要老公不旧就行啦。”我贼嬉嬉地说。

真的到了售货店，茜茜的兴趣又来了，她东张西望地看着各式各样的售货，连一百年旧的地毯都拨开来看，店里的伙伴都认定了她是个羊牯，招待非常殷勤。我倒有空走到别的地方去看。

我看到一张书桌。

那是一整块白柚木雕出来的，作法国美术式，转弯抹角处莫不是精心杰作，只是这张书桌非常的大。

我找来一个店伙：“有多大？”

“六尺乘三尺。”他答，“好得不得了，先生，买下来吧。”

“这么大！搁什么地方？”我笑问，“现在的房子，七八十尺算是宽爽的了，这张书桌比单人床还大。”

“是呀，就是大才漂亮。”

“卖多少？”

“一千二。”

“不贵嘛。”我说。

“是不贵。这种书台，新的订做，这种木头，这种手工，恐怕要六七千元。”

“六七千元一张写字台？”我摇摇头，“我可以买一堂家具了，真是有钱人能花钱。”

“先生，你看看仔细，这张书台不能错过，可遇不可求呢，我把钢台移开你看看。”

那张柚木书台上面放着两只钢台，压得它死死的。这么漂亮的书台根本不应该在这种店里出现，我惋惜的想，这种桌子有谁会卖出来呢？太可惜了，这种东西原是应该买进而不卖出的，像子女样，好歹要留在身边拉扯到底，儿女怎么能卖出去呢？

我皱着眉头，这么漂亮的一张书台怎么会沦落在这个地方？贵族落难似的。

我在那里考虑：三尺乘六尺，能放在哪里？

茜茜走过来：“怎么？看够了没有？”

“茜茜，你看看这张书桌。”

茜茜一看：“哗，这么漂亮。”

“开价一千二。”我说，“喂老板，能不能便宜一点？”

老板但笑不语。

“买下来吧。”茜茜说，“不是老嚷着要书桌吗？”

“不过这张书桌像是女人用的。”

茜茜笑：“不见得吧，书桌也分男女？有什么女人用得着这么大的书桌？难道也是作家？”

我也很罕纳，我问：“这书桌以前是谁的？”

老板摇摇头。

我与茜茜仔细检查一下，五只抽屉都完好如初，面子上稍微划花了一点，无伤大雅，米白色无漆，的确高雅大方。我是每天对着写字台的人，实在需要这一张桌子，于是我说："好，买下它。"

老板欢喜得半死："先生，你不会后悔的。"

茜茜说："这种书桌，卖给谁呢，难得找到个顾客，老板，算便宜一点。"

"不能再便宜了，既然喜欢，还什么价呢？"老板笑眯眯。

茜茜耸耸肩，数了两百定洋："星期日送来。"

老板说："好，好，我还要打理打理，补一补漆才送来。"

"可以可以。"茜茜白我一眼，"好了吧？书桌已经买好了，能去看冰箱了吧？"

"你真是一个好太太。"我笑说。

"原来好太太就是听丈夫话的太太。"她说。

我一笑，拥着茜茜走了。

回家冰箱也买妥，电锅也选下，我与茜茜吃过饭之后，慢慢地想，那张书桌到底属于什么人的呢？

茜茜也问："似乎用那种书桌的人，在香港是不多的，第一，香港人有麻将房而不备书房，第二，有了书房也用不着那么大的书桌，必需有很宽大的房间才放得下那桌子，桌子又不像是写字楼用的，写字楼用柚木夹板便可以了。"

我笑说："你说得对，茜茜，桌子真有可能是一个女人用的，看那式样，虽然大而坚固，但却很柔和美丽，那位女性——先假设她是女性，一定有魄力有事业，不是普通人那么简单。"

“可是后来她生意失败了？”茜茜笑问。

“不见得，生意失败也不必卖书桌，这张桌子，旧货店的老板最多以两百元买入，再以一千二卖出，她要两百元现款干什么？”

茜茜笑了：“好，今天到此为止，明天去问问旧货店老板，不就知道了吗？”

我们很愉快地喝着新泡的茶。茜茜有了冰箱，我有了书桌，对于容易满足的人来说，幸福就在手边。

第二天，我没去找店老板，他老大倒打电话来了。

他说：“那张书桌我把定洋双倍退回，可不可以？”

我愕然：“为什么？”

“陈先生，实不相瞒，现在来了一位客人，硬要把这书桌买下来，我告诉他已经售出了，他愿意出多一倍价钱从你手中买下，你看！你当初还要讲价！”老板后悔当初顺利地做成了我这笔生意。

我啼笑皆非地问：“那么你要怎么办？”

“你与那位先生谈谈吧，陈先生，做生意讲信用，我决定把写字台在星期天送到你府上，但是这位先生要见一见你，你看怎么样？”

我觉得奇怪透了。

我问：“那位先生在你那儿吗，老板？”

“在在。你肯不肯与他说话？”老板已经把话筒交了过去。

“陈先生？”那边传来很温和的低沉声音，多多少少的带着点骄傲，“陈先生，我有一事相求。”

他说得很低声下气，使人为难。

“什么事？”我也很客气。

“那张写字台，我想陈先生割爱转让给我，可不可以？”

我笑说：“先生贵姓？”

“姓龙。”

“龙先生，我的工作需要一张很大的写字台，”我坦白地说，“但是我出不起价钱买一张新的，你说我能不能割爱呢？”

“我想不能。”他说，“但是我愿意请陈先生去选一张合理想的写字台，价钱由我负责，我可以先开现款支票。”

我更惊异了。

“你那么喜欢那写字台吗，龙先生？”

“是的。”

我说：“龙先生，我马上到旧货店来一次。”

“谢谢你。”他挂上电话。

我把事情跟茜茜说了，茜茜好紧张：“我们不让给他。”

“为什么？”

“其中一定有古怪。”茜茜说。

“里面有个大秘密？可以发掘到大宝藏？”我笑问。

“我跟你去。”

我们一起到了旧货店。

那位龙先生站在书桌旁边。一看就知道他是那种孤芳自赏的人，神色倨傲，但是他有一张非常漂亮的脸，瘦削清秀，穿黑西装白衬衫，一条黑色的领带。

他一只手放在那张写字台上面，看见了我，马上点点头：“是陈先生吧？”他问。

“是，这是我太太。”我说。

“陈先生，我希望你把书桌让给我。”

我看看茜茜。问题只在让与不让，而不能问他为什么想买。

但是茜茜已经冲口而出：“为什么？你既然有钱买新的，为什么要旧货？”

龙漂亮地笑一笑，弯弯腰：“陈太太，衣不如新，人不如故。”

茜茜说：“但这只是一张书桌呀。”

“在你们眼中是，在我的眼中，不是。”他很沉着地说，“我们的价值观念是不一样的。”

我沉吟半晌：“你的确需要这张桌子？比我还厉害？”

“是的，我相信我有充分的理由。”

“我想我有权知道，”我说，“我比你更需要这张桌子，我早到一步，很对不起，引起你那么多烦恼。我又不是那种随便接受别人恩惠的人。”

“我答应补偿你的损失，又怎么能说是恩惠呢？”他淡淡地说。

我看看茜茜：“这样吧，对我来说，这不过是一张廉卖的写字台，对你来说，却有很特别的意义，我心甘情愿的卖给你，你付还我定洋，直接向老板买好了。”

那位老板简直不相信天下有我这么笨的人。

君子成人之美，君子不夺人之所好，做一个君子原本是太难的事。

龙怔住一会儿，他问："是真的让给我了？"

我耸耸肩。

龙说："我愿意送陈先生一张全新的书桌。"

我笑："无缘无故，受人重礼，心惊肉跳的。"我自老板手中取回两百元，"来，走吧。"我拉起茜茜。

"陈先生，"龙拉住我，"等一等。"

"还有什么事？"

"像你这样的人，已经不多见了，陈先生，你是一个写作的人，你愿意听这张书桌的故事吗？"

茜茜说："我有兴趣听。"

我笑："我也有，事情很神秘，你不觉得吗？有人来抢购旧货店中的一张旧书桌。"

"我们换一个地方说话。"龙说。

"到我家去吃饭如何？我们新买了一只电锅，天天煮菜饭吃，你要不要来？"

茜茜白我一眼："野人献曝。"

龙微笑："我很愿意来。"

"那还等什么？"我擦擦鼻子，"失去一张书桌，得回一个朋友，来，我请你吃便饭，你请我听故事。"

龙很感慨地说："你们是我所见过最快乐的人。"

我们一行人回到家，吃了饭，用了茶。龙似乎很松弛，我们家没有沙发，全体人都坐地下，地下只有一条小小的地毯，但是这也没有妨碍我们的快乐。

我们开始等待龙说故事。

他漂亮的脸上神色变幻不定，终于他开口了，“这张书桌，”他的声音是低低的，“是我在五年前定做送给一个女孩子的。”

茜茜说：“啊，你送给她的。”

“可不是，当时柚木没有现在贵，但是连工带料的，却也花了近五千块港币，当时来讲是一笔巨款。”

“她是干哪一行的？”茜茜问，“人长得漂亮吗？”

“漂亮，”龙肯定地说，“绝对漂亮，她不是那种俗气的漂亮，她有那种高贵气息，落落大方，样子端庄，她是一个与众不同的女孩子。”

“后来呢？”茜茜问。

“别打岔，茜茜，好好儿地听。”

“后来我们因小故分开了，我独自跑到外国去狠狠的再读了几年书，等我再回来，她已经不在这世界上了——”

茜茜惊叫出来：“啊！”她看看我。

龙的声音沉痛无比：“她得了癌症，坚决抵抗到底，终于不治，她始终没有结婚的机会，死后亲戚把她的遗物都卖掉，我为了这张书桌，找到拍卖行去，拍卖行又告诉我这家店的老板已经把书桌买了下来，等我赶到的时候，你又买了这张书桌，这可怎么办？”

“你又向我买了下来，物归原主。”

“物归原主。”他茫然地说，“原主在最需要我的时候，我不在她的身边。”

“你们曾经是爱人，是不是？”我问。

“是的，三年前她早晓得有病，她的亲人告诉我，她有一条肩膀酸痛，去看医生，检查的结果，颈项后面有一连串小肿瘤，割出来切片，是癌，无从割治，割掉一颗，又长七颗，她为此痛哭不已，并不让我知道，用计激走了我，免得我娶一个将死的妻子。”

“好动人的故事。”我惊异，“简直是一篇长篇小说的大纲！你难道一直不知道？”

他沮丧地摇摇头，“我被她一气，便走得那么远，心里天天想念着她，但是却不肯向她低头，等到想通了，回来找她，她已经不在了。”

“她是干哪一行的？”我问。

干哪一行才会令男朋友送那么大的一张书桌给她呢？

“她是律师，我们是同学，当她第一天考到BAR做大律师的时候，我就送了那张书桌到她家去。”

“呵，了不起，”茜茜说，“你想想，陈，这张书桌原来有这么美丽的历史，你这个凡夫俗子怎么配用？幸亏退回去了。”茜茜笑。

茜茜说话有时候是很绝的。

龙说：“是的，她是一个非常不凡的女孩子。”

“茜茜，天妒红颜。”我说，“我们这种俗气的人，才能够一直活下去，没什么好说的。”

龙站起来告辞。他说：“谢谢你们。”

“谢谢？”我说，“有空常来，别说谢。”

“我要谢你们的太多了。”他说，“再见。”

我们送他出去。茜茜被他感动了，很久很久她没说一句话，过了很久很久，她跟我说：“把这个故事写成一篇小说吧，请你。”

我摇摇头：“有了题材，没了书桌，人生不如意事常八九。”

“哪儿有这种事？”她气说，“这么好的故事！”

“发生在现实生活中的故事永远是不值钱，我们必须要改变小说的作风，写幻想小说。”

“这是不应该的，你为什么说龙先生的故事不好？”

“又是生癌。”我用手支着头。

“事实上很多人生癌死的，你凭什么那么说？”

“读者不想看生癌，茜茜，如果你处处接触到生癌的亲戚朋友，小说中的女主角又是病人，你会有什么感想？”

“我不知道！”茜茜作一个绝望状，“我要去洗碗了，但愿你有一天能够成名。”

“你知道吗？如果不是那个龙先生，明天他们就会送书桌来了。”

电话铃响了，是找我的。

“我是。”

“陈先生！”是龙，他气急败坏，“气死我了！”

“怎么回事？”

“那个家具店老板真不是个人，我才回头，他告诉我那张书桌已经以三千元的高价卖给别人了。”

"什么？他妈的混账！"我高声，"这怎么可以？谁买了？"

"一个女孩子，她付的是现款！她要买这张书桌干什么？恨只恨当初你退了定洋，我没有立即付现金，气死我了。"

"有这种事！"我说，"我们去打死那个老板。"

"打死老板？"茜茜在旁边说，"这是法治社会，你以为是什么时代，还打死人呢！"

"龙先生，那你怎么办？"

"我不知道。"他哭丧着声音，"或许我再去求那个买主，恳求她把书桌让给我吧。"

"这多渺茫。"我说，"你知道她住在哪里？"

"不知道，老板坚决不允透露。"他说。

"这该死的人！"

"来，你来我这里，我们商量商量。"他说。

茜茜说："真是好笑，那么多人一起争一张书桌，难道那个女孩子也有一段故事不成？"

我赶到龙那里，气喘喘地："谁？谁买了？"

龙踱来踱去："是的，我们一定要研究出来，我决定在他们送货的时候跟了去看看，你说如何？"

"好主意！"我问，"几时送货？"

"两小时后。"

"还等什么？快！快去家具店。"

我兴奋飞奔着到家具店。

等了半晌，送货车来了，由苦力把书桌抬上去，我们俩叫了一部计程车在旁边看着，他们的车开，我们的车也开，车子慢慢开上旧山顶道那边，在一座硕果仅存的老房面前停下来。

龙的面色大变。

“怎么了？”我问。

“这……这是她以前住的地方……天啊！这张书桌又回到它原来的地方来了，有灵性的，有灵性的！”龙的声音颤抖。

“别见鬼！”我替龙打气，“没这种事，全是巧合。”

这个时候，有一个女孩子穿着白衣白裤自楼梯间轻飘飘地奔出来，“送来了？”她清脆的声音问。

龙怔怔地凝视她。

她指挥工人把书桌抬上二楼，我觉得义不容辞，上去自我介绍，把这张书桌的故事告诉她，并且把男主角也介绍她，以示故事的真实性。

那个女孩子呆住了，她说：“我叫兰花，我想这一切都是巧合，我租下了这层大房子，觉得可以奢侈一点，买一些大型家具，这张书桌是这么美，这么大但这么细致，我一眼便看中了，对我来说，并没有太大的实际用途。”

“请问小姐是干哪一行的？”龙问。

“叫我兰花好了，我是教钢琴的。”

“啊。”

“真正用得着书桌的是陈先生，是不是？”兰花问。

工人们站在楼下，不知道该怎么处置这张书桌。

“回忆应该深藏心底，如果每个人都把心底的秘密回忆又回忆，那太颓废了，龙先生大可不必睹物思人。”

我心底何曾不是这么想，但是我觉得念旧也是一种美德。

兰花说下去：“这张书桌我觉得应该判给陈先生，我相信它的原主人如果知道，也会高兴它终于落在适合的手里，搁在我家，徒然蒙尘而已。”兰花笑。

她是一个十分明朗的女孩子，我看看龙，他们倒像是一对儿呢。

龙犹疑了一刻。

我抢着说：“那么龙以原价向你买下来好吗？”

龙连忙开了一张三千元的支票，前后为了这张书桌，他已经付出八千元了。

“谢谢你，兰花。”我说，“有空我们可以来看你吗？”

她拿着支票：“不打不相识，有空来玩。”她笑。

“好。”我跟龙说，“现在可以把它抬回你家了，现在没有波折了。”

龙像是在想心事：“不不，我觉得这书桌不应该丢空，老陈，如果你不嫌弃的话，我想送给你。”

我搔搔头：“只是这件礼物未免太名贵了。”

龙风度翩翩地走了。

我回到家中，把情形告诉茜茜。

“那女孩子漂亮吗？”她老是关心谁漂亮谁不漂亮。

“很漂亮。”

“跟龙先生配不配？”

“很配。”

“这种多情公子应该再找一个好的女朋友。”

“我也觉得如此。”我说。

隔没多久，那张大书桌被抬过来了，好大的桌子，我看着不禁笑了出来，我们的房间那么小，实在是不相配的。但既然人家送了来，而我又一直喜欢它，所以总得腾地方来安置这位贵客。

我笑着把它放好，坐在它面前，欢欣之情是难以形容的，我非常感激龙，也感激兰花。我抬起头来，看着茜茜，我笑说；“我也希望我能成名呢。”

话还没说完，门铃响了。

我让茜茜去开门，茜茜叫：“又是你，龙先生，咦，这位小姐是谁？”

“我叫兰花。”兰花的笑声传入来。

我站起来，大声说：“小气的人就不该送礼，送了礼来才半小时，就不放心了，一张书桌有什么好看的？也值得这么探访？”

“的确不错，”兰花说，“这张书桌，不是你想象中那么简单的。”她笑。

我看看龙，看看兰花，心中仿佛有了默契。活着的人还是要活下去的，而且必需要活得高高兴兴，相信龙的女朋友也是希望龙过得快乐的。

我很乐意做一个媒人，把他们两个人拉得更紧一点。茜茜也有我同样的想法，她说：“你们有空要常常来，我们需要朋友……”

我看看书桌，手缓缓经过滑的台面，如果它真有灵性的话，就应该明白，悲欢离合，一部分是命运，另一部分是人为，我相信这里故事写成小说没人要看，因为事情太巧合了。

雨天

他向我求婚的时候，是一个雨天。

他结婚的时候，也是一个雨天。

新娘不是我。

她是一个普通的女孩子，婚礼分中、西仪式举行，不嫌其烦地热闹。西式礼在教堂举行，我因要上班，没有去。晚上到了，新娘子坐在台上，正拍照呢，与新郎拍，与家长拍，与宾客……都穿着中式礼服，红褂子缢满花，盘着金丝银丝，红裙子。能穿大红裙子真还是福气，以前小时候我最看不起这种婚礼，现在只觉得各适其适，求仁得仁的人永远是最幸福的——他们看上去顶幸福。

看一下我就走了。

下雨。

踱到公路车站去候车，那个时候他老开着一辆小小日本车来接我，迟到十分钟我要皱眉头的，现在反而想起他的好处来。

但是这岂非可笑，我从头到尾未曾爱过他，此刻想起他，不过是因为他曾经提供的服务，换句话说：我想念一个司机，我并不想念失落的感情。

如果我不爱他，我就不能嫁他为妻，一天为他煮三餐饭，洗熨衣服，收拾屋子。《大亨小传》的女主角黛茜跟盖士比说："有钱女孩儿就是不能嫁穷小子！"人家的流行小说就是合情合理在这种地方。

我并不有钱，但我赚得比他多花得比他多。我不开车的唯一原因是我的牌照已被吊销——开快车。

大嫂说："……女孩子不结婚是很寂寞的。"

"是。"我承认。

但不能为寂寞而结婚，为孩子而结婚，为结婚而结婚。我只为爱而结婚。我并不爱他。

下雨的周末，我仍想起他。他对我很好：最佳的听众，陪我在公寓中谈天，看电视，听音乐。

其实他的程度不高，但是他很善于迎合我，讨我欢心。

他说他爱我……真令人惆怅，这么爱我还是娶了别人，而且这么快。人的心理就是这么奇怪，不要的东西被人拣了去，反而有种依依不舍的味道。

这些年来我老参加别人的婚礼，真是的……

上班的时候忽然没了劲，以前有什么事老是一个电话拨过去。现在不是不可以拨，只是人家是有妇之夫了。中午吃饭本来老规矩他请客，一个星期六天，现在吊儿郎当，简直不知何去何从。

失去了这个人才知道这个人的重要。真的。

早上晚上都想念他，是真的。

嫂嫂又说："你真是滞，他又不是不爱你，又不是没向你求过婚。"

"我不想跟他结婚。"

"你想怎么样？"嫂嫂问，"你自己不能嫁他，又吊着他，让他陪你一辈子？他又不痴不呆，他总得结婚生子，成家立室，现在还有第二个梁山伯？为你吐血死了，你心里也不好过，真不知道你想什么！"

我真不知道自己想什么。

嫁梁秉坚？我是不嫁的，三千块一个月，够什么。我看杂志一个月就花掉六七百。还要穿鞋换新衣买化妆品。我不是没算过这笔收入，总之怎么都不够。叫我贴他，无止境地十年八年贴下去，迟早与他翻脸，那个女孩子肯，我不肯。那个女孩是秘书，她赚两千，丈夫还是值得尊敬的……我——我不同。

但那日她手上脖子上戴的金器令我印象至深，俗是真伧俗，可是喜气洋溢。后来我把请帖里的礼饼赠券去换了一打蛋糕，与同事分着吃了。

我一点也不快乐，人人知他配我不起，人人相信是我不要他，但是我不快乐。

白天若无其事地上班，黄昏若无其事地回家。可是一切都不同了。

我发觉他常用的那只茶杯空置在杯架上很久，电视的声音特别空洞，客厅的电灯好久没开亮过。

我寂寞。

我很知道我不爱梁秉坚，但这几年来他老在我身边照顾我，都成了习惯，生病搬家接送飞机……他老在那里，永无推托。

可是现在他已是别人的丈夫。

我一点也不吃醋，因为我不爱他。我只具失落感。我不能阻止他的婚姻，再自私我还有点良心。

星期日。

约了两位太太看电影。五点半。

一直站在戏院门口，等得腰酸背痛，极之不耐烦，真想一走了之。约女人与约男人怎么会一样，男朋友管接管送，永远可以迟到半小时，不必言谢，男女有别。

在这一刻内我分外想念梁秉坚这个人，他在做什么？驾着那辆小小日本车与太太在兜风？星期日的下午呢。

以往星期日他总是来我的公寓。我很嫌他。嫌他不够风趣，嫌他拿不出去，嫌他从没送过一件像样的礼物给我。

一次他送我只小金戒指，我给退回去，还加一句："这种玩意儿，送给我十五岁的侄女儿还差不多。"

他没说什么，收了回去。

现在想起来真觉不该，现在想什么都不管用了。

他不知有多失望——那只小小的织锦袋，里面装一只他以爱心去挑回来的小戒指，也不知选了多久……可是给我一手挡回去，谁稀罕，我在等的是五克拉全美方钻。

结果那日的电影看得索然无味。同样的戒指，他那小妻子戴在手中，会说不出的快乐吧？

电影散场各自回家，我紧闭着嘴唇，脸上毫无欢容。梁秉坚的优点陆续回来……一点点一滴滴。

那日他轻轻来跟我说："我要结婚了。"

我顿时一呆，真没想到他会从我手掌里翻得出去！我以为他今生今世都是我的奴隶，也再逃不出生天，我原以为他会一辈子与我看看电影吃顿茶就足够满意，我做梦也没想到他居然"偷偷"结识了别的女人，谈恋爱，且已论到婚嫁，我完全有种被出卖的感觉——什么！他没有为我牺牲到底？他竟成了叛兵？他竟挑了一个平凡的女孩！我真呆住了。

我想我的脸色变得苍白，过了很久，我才恢复过来，装上一个勉强的笑容，说道："恭喜恭喜。"

他又轻轻地说："她……是很普通的女孩子……比不上你。"

听了这话，我并不觉得骄傲。

至今已三个月了。

我也约别的男孩子出来，其中一个叫班。

关于班，以前秉坚说他："我不喜欢这个人，我不赞成你同他来往，如果他有诚意，我们可以公平竞争，但他完全是混一顿免费午餐吃的那种人。"

我当时一笑置之，那时我在酒店工作，朋友爱吃多少吃多少，不过是签个名字。

我与女同事约好班，在小馆子里吃了三十多元的午餐，结果他照样拒绝付账，我那女同事与我僵住半晌，我是震惊，她是生气，结果由她放下钞票。我们走出馆子，连笑都笑不出来，我忽然想到秉坚，心中悔恨交织，我这样嫌他，但是离开他才知道他的好处，一路上心痛如绞，同样的收入，秉坚为我，无微不至，像班这种人，我发誓不会再接他电话。这也算男人！没钱爬出写字楼来干吗？为什么不在办公室吃饭盒？跑出来叫两个二十多岁的女子付账。

回到写字楼一算，这人吃我不下十来顿，我自酒店出来了，他请回我十来二十顿也很应该，不是我们女人个个计较，而是秉坚说得对，他根本是占便宜来的，根本没有人格没有诚意。

我的心沉下去。

现在发觉已经太迟了。

我问我自己：现在梁秉坚再来求婚，我答应还是拒绝？凭良心。答案：拒绝。我真的不爱他，又不能老把他抓在身边，唯一的办法是放他走。

但这个寂寞的空当没人填，实在是难过。我深深叹口气。

我必须要把持自己，必须。

我借了嫂嫂的车子，开到新界的公路去，一路上绿叶如荫，风景如画，但是我的心门无法打开，我不需要全世界人的欣赏，我只需要一个忠实观众。

我把头靠在驾驶盘上。

路上满街的男人，当我穿着银狐走过的时候，全部转头向我看，又有什么用？我病我痛时他们又不知道。

太阳热辣辣地晒在我一边脸上，我的眼泪缓缓流下。我是爱他的，到这个时候，我不得不承认，我是爱他的，可是爱管爱，一年半载之后，爱会褪色，我不能一辈子坐家里为他生孩子，计算着家用：一毛一分，哪一份是租金，哪一份归他母亲，不不，我做不到。

为什么他一定要急于结婚，为什么他不能再陪伴我长久一点？

我哭了很久，才独自开车回家。

星期一照常去上班，口袋要放着他送我的一只金挂表，那个星期一他来低低跟我说："我要结婚了。"停了一停，"这只表送给你。"

"送给我？"我茫然地问。

"是的，给你做纪念。我没有什么其他的东西，这表是我祖父传给父亲，父亲传给我的，约五十年了。"

我呆呆地接过那只精致的挂表，我一生中从来没有更珍视过一件礼物，我轻轻地把它捧在手中。当他离去，我把冰凉的金表贴在脸上，但那时我尚不懂得哭。

翌日我去配了一条金表链子，一直贴心挂着。今天又星期一了。

我走过马路的时候，忽然有一只手搭在我肩膀上，我转头，呆住。

是梁秉坚。

我的喉咙哽咽起来，多久没见他了？一般的浓眉笔挺鼻子，朴实西装，人群熙来攘往间，我忽然发现了他，然而他已是别人的丈夫。

汽车响号把我们赶开，他拉着我过马路，我们站在路边，他微笑地看着我，我呆呆地注视他。

“你好吗？这几天下毛毛雨，你好像穿不够衣服似的——”

我张开口，想说话，但一个字说不出来，忽然想起拜伦的诗：

If I should see thee,after long years,

How do I greet thee,with silence and tears.

“我们吃午餐，在老地方，好吗？”他问我。

我点点头。

“一点钟。”

我转头就走，用手按住那只金挂表，眼泪如潮水般涌出来。

他追过来，掉转我身子，一脸的诧异。

我就在大街上，众目睽睽之下，把头靠在他那熟悉的肩膀上，号啕大哭起来。

他开头手足无措，后来就明白了。

他扶着我一直向山上走去。

我们两个人都没有上班。

“……我不能离婚……”

我沉默着。

“她是无辜的……”

风啪啪吹在我的脸上，我的心与身都是冰冷的。

“送你回家休息吧。”

“不，送我回写字楼。”

他陪我回写字楼，我告假回家。

服了镇静剂，我拉上被子睡觉，眼泪打侧流下脸颊，滴进耳朵。

我竟没发觉我爱这个人，直到今天今时。

我荒凉得如当年念大学时在欧洲旅行，到威尼斯圣马可广场迷了路，太阳不是我的太阳，人群中没有一张熟悉的面孔，鸽子成群地在身边打转，我仰起头想呵，原来我的生命终于此。

然而这一次是真的了，我再也抖不脱逃不掉我自己的命运。

门铃叮当叮当地响，我不想去开门。

但是它连续地响了三次又三次，我忽然想到是梁秉坚！他是这样子按铃的，我抖开电毯奔出去开门。

门外站着的正是他。“坚！”

我紧紧地抱住他。

他将我的头按在他胸前。

“坚，我不知道怎么样才好，我不知道！”

坚低声说：“我在这里，别怕，别怕。”

然而他已是别人的丈夫。

“对不起，坚，我对不起，我对不起你。”

“我在这里。”

他陪我到六点半，然后起身穿衣服。

“我得走了。”他说。

“我知道。”我说。

“真荒谬，如果这种情形早三个月发生，一切多么简单。”

我沉默。

但如果他不离开我，我永远不知道他有多珍贵。

“她在等我吃晚饭。”他轻轻地说。

我沉默，他那可怜可爱的小妻子，煮好了二菜一汤，静静地等他回去，我是一个下流的女人。

我无法与任何女人相比，我没有人格。

他走了。

我伏在床上很久很久，终于睡着了。第二天大清早，他来接我，仍与三个月前一样，仍是八点十分，仍是那部小车子。仍是先按楼下的铁闸铃。

我在窗口看着他把车子停好，看着他下车，然后他抬头看我是否在张望他。我向他招招手。

他笑了。

我很辛酸，他上来后拥抱我，很轻很轻地在我耳边说：“我爱你。”

我一点也不怀疑。是他的确爱我。但是再爱我他还是娶了别人，他并没有等我一辈子。他并没有。他与我一样的坏。

他送我上班，我们一起吃早餐，我问：“你太太做事吗？”

“她在银行上班。”

“先送她，再接我？”

“是。”

“你不觉荒谬？刚与一个女人吻别，转头就去接另外一个女人。”

他笑笑，不出声。

我叹口气。

他问："你爱我吗？"

我说："我不知道，见不到你的时候，我想念你，见到你的时候，我又觉得无稽。"

他默然，隔了一会儿，他问："你是不是很寂寞？"

"我也有可去的地方，我也有其他的男友，但是我想念你。"

"但是你可爱我？"他问。

"我现在为你做了这么多，难道不是爱情？"

"我想听你说你爱我。"他坚持。

我说："我一讲这句话，你就跑掉了。你不过是想听这三个字。"

他不作声。

我觉得自己两只脚简直在云雾里。这个男人，本来一百分之一百是我的，但是我没有要他，现在成了别人的丈夫，抢夺之下身价暴涨，我摇身变为他的黑市情人。

星期六下午他到我公寓来，我们一起看电视中的球赛。他喃喃地说："……我一直爱你……你可以从欧洲的冰淇淋说到拜占廷、花生漫画、伦勃朗、狄啤士钻石厂、壁球、《红楼梦》，拜伦、兰博基尼迴旋器。我爱你。但是我如何爱你呢？我一点希望也没有，我是个小职员，受的教育有限，升职机会渺茫，我如何爱你？我怎么娶你？你腕上戴着金蚝劳力士，我尚有能力送你什么？我爱你，但我们都得活下去，这是现实的生活，现实告诉我，我只能娶一个银行女秘书，她赚两千，我赚三千，两人组一个平凡小家庭，生一两个平凡小孩子，她娘家有点钱，颇看得起我，津贴我们一层小单位住。在她来说，是最最美满的生活，但是你与她不一样，你有思想有知识，我不能要你，只好去娶她。”

我深深抽一口香烟，按熄。

“但是最后得到你的是她。”我说。

“不过是躯壳而已。”坚低声说，“我只能爱你。”

我叹口气：“她要的不过是这样，求仁得仁，夫复何求。”

“你为什么不肯嫁我？”坚忽然问。

“因为，”我很直接地说，“因为有钱的女孩子决不嫁穷小子。”

“但现在你为什么又这样对我？”他问。

“因为我想我爱你。”我说。

“你说的都是真的？”坚问我。

“是的，我抱歉。”我说。

他很震惊但是很快恢复过来：“你爱我，可是你更爱自己。”

“是的，坚，我是个顶尖自私的人，这半辈子来，我唯一爱的人便是我自己，你不能说我不爱你，我对你的感情……”

“那只不过是因为你没有碰到更好的。”他还是激愤了。

“或许，但是感情这件事是不能一层层剥开来研究的，如果你喜欢见我，便趁早享受这种感觉，如果不再要见我，就马上离开我走。”

“你知道我离不了你。”他说。

“那么过一日算一日。”

“原来我们可以结婚！”他气愤地说，“至少可以做恋人。”

我笑笑。“差一点点。”我说。

最残忍的句子是“差一点点”。

我们的关系由正常而转为不正常，连我自己都不能了解，造化弄人，命运操纵一切。而性格操纵命运，我的自私性格……

我偷偷摸摸地见着坚，每次他穿衣服走我就觉得荒谬，这个原本是我的男人，现在我要问别的女人借。

那个女人我是见过的，很幸福的圆脸，一头珠翠，非常开心，穿着红色的衣服。

她不知道我是谁，然而我是最辜负她的人。

（上帝给我一点意志力，上帝帮助我，上帝。）

然而当我见到坚时那种罪恶的快乐……我是活着的，我高兴。我不知道想跟他说什么，但是我想听他的声音，我不能控制自己。

坚说：“周末我不能够再来，她常常一个人在家中看电视，很闷，我得陪陪她。”

我的脸上变了色：“不准！”

“她是我的妻子！”

“我不准！”我大嚷。

“不可以。”他握紧我两只手。

“不！”我痛苦地蹲下来。

“你不要为难我。她是一点罪都没有的！你想想，你仔细想一想，你可有权这么做。你想我怎么样？你说你想我怎么做！”他摇撼着我。

我的眼泪簌簌落下。

“你可是要我离婚？”他喝问，“你可是打算在我离婚后嫁我？你说！”

我答不出来。

“你这个自私的人，你知道我爱你，你知道我会做你脚底的灰尘，所以你对我这样子。”

我伏在床上痛哭。

“我不能与她离婚，她把整个人整个灵魂交给了我，她或许只是个卑微的女孩子，但她也是个人，你懂吗？一个人！是，你有思想你有学识你有感性，但她也是一个人，她也有脑子也有心脏。”

我跳起来叫：“我知道我知道！但是我痛苦，你知道吗？我痛苦。”

“我也痛苦！”他用手掩着脸，“你以为我不痛苦？有好多夜里我简直想一走了之，她何尝不知道我在外面有花样，可是她忍耐，她爱我，她的深度或者比不上你，但是她比你更懂得爱。”

“你走吧。”我说。

“你知道我不会走，你知道我走不了。”

又下雨了。

他没有走。一整夜都没有走。

我习惯了他的身体，他的一切。我需要他。叫我重新去认识一个男人，我不行，那得花三五年，他了解我，他忍耐我，他爱我，我不能没有他。

一个下午，我早下班，坚没送我回家，我逛一阵子街，买了数双皮鞋数件衣服，到门口，看见一个年轻女子站在我的门口。

我看着她数秒钟，她也看着我。

我马上知道她是谁。下了浓妆，她是很普通的女孩子，比我年轻许多，她或许在想，怎么丈夫会爱上比她年长的女人。

我放下大包小包，跟她说："你想怎么样？"声音很平静，带着点愧意。

"我可以进去坐吗？"她问。

"可以。"我开门给她进去。

（她终于来了。）

她开门见山地说："离开坚。"

我沉默，小妇人们永远不容轻视，她们是厉害的角色。

"我要你离开他，他是我的丈夫。"她重复着。

我是怎么到这种地步的？跟一个乡下女人争丈夫，我用手托着头，是怎么到这种地步的？我叹口气。

"你一早认识他，为什么不嫁他？我们是新婚夫妇，你不应该破坏我们感情，离开我们！"

这种标准台词我听过数百次。在粤语片与国语片中。真没想到有一天会发生在我身上。

我听着她。

"你离开他！"她坚持着。

我根本不能开口，第一：确是我的错。第二：一开口就变得跟她一样见识。

我站起来："你的时间已经到了。"我打开大门，我根本不应让她进来。

“是坚叫我来的。”她说，“一切都是他告诉我的，他想离开你，他说他已被你折磨得够了，他想你放他一马。”

“谁说的？”我如五雷轰顶。

她说：“我丈夫。”她走到我电话那儿去，拨了号码，接通，“坚？”她问，“我在她这里，她不相信你要离开他。”

我整个人浸在冰窟里，我瞪着这个其貌不扬的女子。

“你跟她说吧，坚。”她把话筒递到我面前。

他们两夫妻这样联合来欺侮我。

我把门拉得大大的：“你走吧，你们两个都走。”

她的脸色放软了。她说：“你忘记他吧，他不值得你爱。”声音轻轻的，充满无限同情。

我要她同情？

“走。”我说。

她走了。我瞧着她的背影，她身上廉价的毛衣，现在还穿喇叭裤。但她比我幸福快乐。她完全原谅她的丈夫，即使他们才新婚，即使她丈夫对她不忠，但是她字典里没有抱怨，没有离婚两个字。

我关上了门。

我疲倦地躺在床上，服了安眠药。

现在真的要离开他了，真正的离开。沉沦在永恒的寂寞里。或者不会。我怎么遇见他，就怎么再遇见别的男人。

过渡时期永远是黑暗的。太阳升起之前一定有雾霾，格言不都是这么说吗。

他是下了决心要摆脱我。正如当日，我下了决心要摆脱他。

我记得，那是一个雨天。

在停车场里，他向我求婚。

而我缓缓地摇头，我说不。我不能嫁他那样的丈夫，我的男人要拿得出去的，要耀目的，而他不是。

而今日，他转过头来摆脱了我。

奇怪，天又下雨了，我走到露台去，关上了长窗。

他们在做什么？吃晚餐？简单的小菜：叉烧炒鸡蛋、西洋菜汤，两个人开开心心，他们的幸福不是我的幸福。我必须要忘了他，必须。

我深深吸口气，公寓静得像座坟墓。

我把毯子盖上头，明天又是一天。

（但是他们在做什么。相拥入睡，明早双双去搭公交车上班？）

雨声渐密。

（曾经沧海难为水，为什么他竟会在她身上寻到幸福。为什么？）

照片

我喜欢拍照，他们都说我拍得不错。我的照片却不是用来入沙龙的，凡事留个纪念，事后凭照片回忆一下，其味无穷，这是我唯一的目的。

而我的女朋友莫幽谷自然成了最佳模特儿，无论她在喝茶、洗头、跳舞，都一一入了我的镜头，我将照片都放在本子里，闲时取出慢慢观看，当作娱乐。

幽谷的母亲常笑说：“傅明这孩子，对咱们幽谷倒是真的有意思。”

我自然对幽谷有意思。

将来我是要娶她的。

幽谷很上照，有时我去取照片的时候，连相熟的冲印铺子都会说：“傅先生，你女朋友实在漂亮过香港小姐。”

我笑笑，不置可否。

我的写字台面前，摆满了幽谷的照片。

幽谷有时上来看到，会说：“怎么搞的，人家会笑你的——怎么把这么丑的女孩照片摆出来。”幽谷一贯地娇嗔。

我笑笑问：“是吗？丑吗？我不觉得，许是情人眼里出西施呢。”

幽谷很满意。

深秋，天气很凉，别有一番光景，我载了幽谷出来，在郊外替她拍照。

因为她替我做模特儿久了，姿态自然得不能再自然。

幽谷的美是很特别的，她动态丰富，没有一刻静的时候，甚至在最烦恼的时候，她都能够如阳光在乌云中射出，为我沉闷的生活添增金光。

我有时候取笑她：“你哪里叫幽谷？你简直是闹市。”

翻阅照片，百看不厌，有时候会将她的照片放得很大很大。

这天在郊外，我为她拍了三卷底片，衬着秋景，她的一身猄皮衣裤显得无限潇洒，简直美不可言。我们在傍晚时才收拾道具回家。

我随即把底片交到熟悉的冲印店去做。

幽谷在那个晚上闲闲地提起：“爸爸问我们什么时候结婚。”

“告诉伯父，”我微笑，“下星期日我亲自登门来求婚。”

幽谷喜问：“为什么下个星期日？”

“因为订婚戒指要下星期才能做好。”

“傅明！”她大喜搂住我的脖子。

我笑着拥住她。

“傅明，我立刻回去告诉爸爸，但是，傅明，那是一只怎么样的戒指呢？”

我故意板起了脸：“怎么样的戒指？钢戒指，你还想戴钻石？我是不折不扣的穷小子。”

“我打你！”她笑着扑上来。

我们的二人世界就是这么精彩。

过了两天，是星期五晚上，我去取了照片回来，厚厚一叠，驾车回家，还没洗脸就入房间观看。

照片一摊出来，我就呆住了。

咦，这不是幽谷呀。

是另外一个女子的照片。

我先是吃一惊，随后立刻明白是相馆把别人的照片交给我了。

我想立刻去换，但是相片中人马上吸引了我。

她是一个长发女郎，穿着一件白色的宽大麻纱衬衫，杏形脸，大眼睛，脸上有一股形容不出的冷漠，仿佛全世界的繁华富贵都是她脚底的尘埃，但她是一个美女，气质特殊，恍如不食人间烟火。

这么美丽的少女，应该是电影明星或是其他有知名度的人物。

照片共有三十六张，张张精彩。

背景是一间旧房子的客厅，楼面很宽，挂着字画，墙脚线是柚木做的，总有半尺来高，墙壁漆作米白色，一组沙发很老式，套着蓝边白套子，素净十分，一张蓝白的天津地毯，她有时躺在地毯上，有时卧沙发侧，照片拍摄得一流，看得出是用照人像的最好照相机，不是哈苏就是莱卡，光与影出奇的神秘诱人。

沙发边的灯罩是荷叶边的，窗上有木质百叶帘，一格一格，浪漫复古怀旧，我把照片看了又看，爱不释手，整个人像是进入照片的世界里去，不能自已，悚然而惊。

啊这多像聊斋里的故事。

书生无意中得到画像，爱上了画中的美女，然后美女冉冉自画中踏入尘世，与书生共结良缘……

我的心如溶入照片中，犹如进入了这一间大房子。

电话铃把我自沉思中惊醒。

我取起话筒，是幽谷打来的。

她问："为什么电话响了那么久才来接？"

"我在浴间。"不知为什么我撒了谎。

"照片拿回来了没有？"她问。

"他们掉错了照片，我决定明天拿回去换。"

"唷，冲印铺太大意了，"幽谷说，"换得回来吗？"

"没问题，我跟他们那么熟。"

"要不要出来看电影？"幽谷问。

"不，"我说，"我累了，改天吧，今天一连开三个会，累得抬不起头来，想早睡。"

"星期天可要记得来呵。"她笑着提醒我。

我出了一额汗："星期天？当然当然。"星期天是我求婚的大日子，我为何魂不守舍？

"早点睡。"幽谷挂了电话。

我是个名主有花的男人，怎么可以对牢旁的女人的照片发呆？太不应该了。

明天，明天就去换掉它。

我淋了浴上床睡，因为疲累，倒是很快入睡，上半夜安然无事，下半夜开始做乱梦，七彩缤纷，后来梦境渐渐归一清晰，我见到自己的身体毫不吃力地飘入一间房子里，一个白衣女郎在那里等我。

她有忧郁的面孔，黑沉沉的大眼睛，牢牢地看着我，哎呀，她仿佛向我招手了，我很乐意地但半带惧怕地走近。

她伸出手来触摸我的脸，她的手是冰冷而柔软的，我跟她说："我愿意跟随你，无论你到什么地方去，我总是跟着你。"

她没有笑，她只是深深地凝视我，然后忽然大力的推我一下，我跌入万丈深渊，因此惊醒了。

我自床上跳起来，怔怔地，心犹自突突地跳，一额的汗，我怎么会做这样的梦？不可能，不可能，我根本不知道这个女郎是什么人，她为什么要来魇我？她是谁？我怎么会取错她的照片？到底是怎么一回事？

我取了一杯冰水喝，镇静下来。

明天去还了这些相片就没事了，我告诉自己：快睡吧，明早还要上班呢。

我终于再度闭上眼睛，但直到天亮，我并没有熟睡。

第二天一早，我烤了面包，做了浓浓的咖啡喝，催醒自己。

我多想再掏出那叠照片出来看，但终于自制地将照片放入公文包，出门去。

冲印店很早开门，我要求他们换照片，他们查了又查，说找不到，我替幽谷拍的那一辑。

幸亏我与他们相熟，否则他们早就烦得把我轰走了。

“那么有没有人来找这一叠照片呢？”我耐心地问。

“傅先生，你且留下电话，一有我们就通知你，可好？”

“真的无法追查？”

“傅先生，”他们答，“照片是用电脑冲的，不经人手，很少出错，这次不知发生了什么，但很可能那方面亦会来我们这里调换照片，届时一定通知你。”

我还能怎么样？

那叠神秘的照片仍然在我的公文包内，我带它们到公司。

一早没事做，同事们还没有到齐，我又取出照片来观看。

她真是个尤物，五官配搭得别致是不用说了，最主要是那股慵倦的神色，仿佛洞悉世情，世上像是没有什么再能令她动心了。

她并无戴什么首饰，皮肤很好，一种象牙色，两只耳朵如贝壳一般可爱。

我将照片都摊在桌子上。

女秘书进来收拾文件，她一眼看到，诧异地取笑：“咦，傅先生换了新女朋友？”

我不答话。

叫我怎么解释呢？没人会相信这件事。

“好漂亮的女孩子。”女秘书说。

她走过来看仔细：“咦，这不是申声曼吗？”

“什么？”我跳起来，“你认识她？”

“谁不认识申声曼？她是当时得令最红的模特儿。”

“为什么我不晓得？”我问。

“傅先生，”女秘书掩嘴笑，“你就只会埋头埋脑地赶工作，又爱女朋友，根本不注意到身边发生些什么事，别说是一个模特儿，连身边的同事叫什么你还不清楚呢。”

我被她说得脸都红了。

女秘书好奇地问：“你怎么会有她的照片？”

我胡诌：“在朋友家拍的。”

“她真漂亮。”女秘书喃喃地说。

是，她的美是充满了灵魂感的。

女秘书试探地问：“傅先生与莫小姐没有闹翻吧？”

我反问：“你想到什么地方去了？”

秘书说：“珠宝店明天送戒指来呢。”

“知道了。”我说。

她很不放心，再看一看桌面的照片，掩上门出去了。

她的名字叫申声曼，这样出色的女子一定有点来头，果然不出所料。

我想了一想，赶快拨电话给一个花花公子朋友。电话接通了，我笑问：“九点整就到公司了，老陈？”

他说：“什么风把你吹来？你不是最讨厌咱们这帮人不学无术吗？”

“向你打听一个人。”

“呵原来是无事不登三宝殿。”

“嗳，你少废话。”

“说呀，打听谁？”

“有一个女郎，叫申声曼。”

老陈在电话的那一头怔了一怔：“好眼光，老傅，好眼光。”

“你别想歪了你。”我不悦。

老陈笑：“我想歪？大清早向我打听城里名女人的来龙去脉，还说我想歪，你这恶人，真会告状。”

“她是怎么样的一个女人？”

“绝色的女人。”

“这自然，其他呢？”我迫不及待。

“老傅，你要求得一个绝色的女子，就不必问其他的了。”

“什么意思？”

老陈不回答：“你的幽谷呢？吹了？”

“我后天向她求婚。”

“好小子，双管齐下，你转性了，怎么？到现在才发觉要多多享受人生？未为晚也。”

我骂：“老陈，你说到什么地方去了？”

“放心，我不会告诉别人。”他诡笑。

“在什么地方可以找到她？”

“我有她电话号码，你等等，我找给你——三三四五六。”

“谢谢。”

“喂，祝你成功。”

我摇摇头，把电话挂上。

我将照片收起来，沉思。

老陈有她的电话，老陈是个花花公子，是否所有出来走走，开辆平治的男人都收着她的电话号码？

这又关我什么事呢？

我所应该做的事，是将照片丢进废纸箩里，忘记这件事，专心的工作，明天珠宝店送了戒指来，携着它上莫家去求婚。

这个女人与我何关呢？

我用手托着腮，想了一个上午，心绪大乱。

简直是不可能的事，我的心一向坚强，不为世上浮云幻影所动，现在是怎么了？

我简直不能专心做事，开会的时候魂游四海，到很远很远的地方，在白沙碧水棕榈树的地方，与那美丽的女郎会合……

我想我马上要发疯了。

那天回到家，我斟一杯白兰地，自己一个人慢慢啜饮。

终于忍不住，拿起话筒，拨三三四五六。

我很镇静。

电话接通了，那边一个女佣问我："哪一位？"

我说："姓傅的找申声曼小姐。"

"请等一等。"

过一会儿，换了一把低沉的声音问："傅先生？"

"申小姐吗？"终于听到了她的声音。

"有何贵干？"

"申小姐。这件事说来话长，我们并不相识，但是我手上却有一叠你的照片，想归还给你，你若不方便见我，我寄返给你亦可。”

“照片？什么样的照片？”她非常警惕。

我连忙说：“家居的照片，是冲印铺弄错了，落在我手中，我……我不是歹徒。”

“哦，我明白了，”她似乎松一口气，“是那些照片，原来落到你手上了。”

“是的，”我说，“我的照片又是否在你那里？”

“是个女孩子的照片？她长得很漂亮，”她笑，“长头发，大眼睛。”

“那是我的未婚妻。”

“贵姓？”她问。

“姓傅。”

“傅先生，如果你不介意的话，我们约个地方见面，交换相片如何？实不相瞒，你手上那叠照片，对我来说，也颇为重要。”

“什么地方？”我问。

“明天，晚上——让我看，八点钟好不好？大酒店咖啡店。”

“好，我准时到，我记得你的样了，申小姐。”

“好，再见。”她挂上电话。

我发神经了。

我竟约会未婚妻以外的女子，莫幽谷知道了会将我斩作一块块。我对不起幽谷，我怎么会受一个陌生女子的引诱？我不能就这样出卖了对幽谷的贞节。

现在回头还来得及——我心中的天使这样不断地细细声说。

但胸腔中另有一个魔鬼，他却同时说：不用回头，去见申小姐呀，你不是想见她吗？怕什么？幽谷又不会知道。一次而已。

魔鬼的声音越来越大，充满了空间，我注定要打败仗，我甚至没有稍抵抗就投降了。

呵傅明傅明，我跟自己说，你太不中用了。

后天已是你订婚的日子，你在做什么呢？你的头脑是否清醒呢？

你究竟想在一个陌生的女人身上得到些什么？

幽谷是最聪明的女子，她觉得我神情有点不对，便额外留心起来。

“不舒服吗？”她问，“工作吃力？”

我一惊，做贼心虚：“为什么这样问？”

“你看上去有点疲倦。”幽谷说。

多么犀利的眼光。我更加要小心翼翼。

“照片找回来没有？”

“还没有消息。”

“怪可惜的。”幽谷说。

“再拍一次好了。”

“只怕你没有心思再替我照相呢。”她似笑非笑。

“说到哪里去了。”我说。

“明天几点钟到我家来？”幽谷问。

“明天？”我说，“呵明天，中午时分，让我睡足了，精神充沛好说话，我会买了花跟水果来——对了，你约了你爹没有？”

幽谷凝视我：“傅明，你有心事，你瞒不过我。”

“什么心事？胡说。”

“傅明，是不是为结婚的事心烦？我们可以分担烦恼。”

“没有，娶得你这么好的太太，还有什么心事？”这倒是由衷之言。

但男人天生有点犯贱，明明有一个好太太，眼睛仍然要周围飘，吃着碗里，瞧着锅里。

幽谷叹一口气：“瞧你，已经不肯对我说老实话了。”

我搔搔头皮：“真的，现在百物腾贵，维持一个家真不容易，我其实一点基础都没有，就这么着就上门贸贸然求婚，难为情。”

幽谷笑：“我道是为了什么，原来是为了这个，依你说，非得发了财才可以结婚啰？世上王老五老姑婆岂非一箩箩？”

“现在的确是流行晚婚呀。”我说。

“得了，我又不是个不事生产的女人，你少替我担心，累管累，月底一发薪水，我又精神百倍了，你放心呢。”她笑嘻嘻地。

我内心非常感动，发誓明晚一放下照片立刻就走，我决不能对不起幽谷。

“那明天就这么对你父亲说了，家中各项开销我来负责，你的薪水自己零花，等我经济略有转机，马上让你享福。”

幽谷笑了。

珠宝店送了戒指来。

我打开盒子检查，非常满意，写了支票。

十年来略有节蓄，除了买这只戒指，尚够蜜月旅行，喜酒是决不请的了，劳民伤财。

幽谷打电话来告诉我好消息："父亲给我的嫁妆是一层公寓。"

"唷，"我笑，"你不该告诉我，不怕我谋你的财？当心我握着一枝牙刷就搬到你家来，再也不走的。"

"两夫妻，我难道还希望你走不成？还没结婚，就准备后路随时打退堂鼓？我不像是这种女人吧？"她哈哈哈地笑。

虽然在电话的那一头，我也知道她喜心翻倒，在那里手舞足蹈。

可爱的幽谷。

我暗暗的羞愧，没有人可以代替幽谷。

"幽谷，"我冲口而出，"我爱你。"

"废话，"她啐道，"你不爱我娶我干吗？"

我也笑了。

当夜我到大酒店的咖啡店去赴约，收拾心猿意马，真的预备交下照片就走。

我准八点到，直等到八时半。

我原来想打电话去追催申小姐，后来一转念，觉得她不来也罢，等到九点吧，我想，九点不来我把相片寄回给她算了。

是好奇心使我约见她，她那张灵狐似的脸吸引我。

我想看看她真人是否跟镜头上一般有那种的美。

等到八点三刻的时候，有一个女郎朝我这边走来，她穿鲜红的裙子，金色鞋子，婀娜多姿，但不是申声曼小姐。

她走到我跟前，问我："是傅先生？"

我默默点头，有点意外。

她自顾自坐下来，笑了一笑："我是她妹妹。"

"啊，"我还是失望了，"她没有空吗？"

"家中牌局还没有散，她叫我先来。"年轻的申小姐抿着嘴笑。

我天真地问："是桥牌吗？"

"不，麻将牌。"

我吃一惊，不能想象那么一个冷艳的女郎竟会赖在牌桌上不起来。

而她的妹子也是，那么年轻，却如此浓妆，美则美矣，毫无气质，而正牌的申小姐却还姗姗来迟。

我犹疑了一刻说："不如我将照片还你算了。"

她笑："何必心急？你有要紧的事得先走吗？"

我想既来之则安之，索性再等一等。

"她有没有说什么时候来？"我问。

"有，就快了。"答了等于没答。

我对这位美女的印象已经打了折扣。

九点半，九点半如果她还不来，我立刻就走，幽谷那批照片至多重拍，再等下去就荒谬了。

小申小姐有一搭没一搭地查问我的身世，我不是一个不大方的人，但对于这一路正邪不分的女子多多少少有点戒心。

她："傅先生干哪一行？"

我："生意。"

"哪一行生意？"闲闲地。

"建筑。"

"啊？"精神来了，"听说建筑业永远一枝独秀。"

"也不见得。"

"傅先生结了婚没有？"更有兴趣。

"快了。"

略为失望，想一想，又说："新娘子好福气。"

我完全不明白为何一个年轻的女子说话的腔调酷似媒婆，但时间一分一秒过去，申声曼小姐毫无出现的意思，我叹口气，取出照片搁桌上，扬手叫侍者结账。

我这个不礼貌的动作令小申小姐大为吃惊。

她问："什么？你打算走了？"

"是的。"

"可是——"

"请告诉令姐一声，我不等她了，很感激她派你做代表。"

她像是不相信我说的话，仿佛从来没有人会因她们迟到而提早离开，又好像她们的魅力无往而不利，这是第一次受挫折。

她的脸色阴晴不定，刚在这尴尬的当儿，她说："我姐姐来了。"她几乎欢呼。

我不过是一个男人，自然忍不住抬头望去，但见进门来的女郎果然有着相熟的轮廓，一样高大，身段窈窕。

小申迎上去，满不高兴地说："姐姐，这位傅先生竟说要走，早知你也不用来了。"

但见大申小姐向我瞄了一瞄，坐了下来："大家坐呀，走到什么地方去？"她自己取出烟来，点着先抽。

我看仔细了她，心中无限的失望，原来照相机充当了魔术师。

我可以肯定不是每个模特儿都像她，我再说一次，不可能每个模特儿都是这样。

她的头发油腻，红色蔻丹剥落，化妆浓厚，鼻头与额角都泛油，穿着无袖松身T恤，却没有剃腋毛，翘起二郎腿，高跟拖鞋跟在足尖，随时会掉下来。

我看得呆了。

这就是照片中的美女？她？

多么大的骗局，跟照片没一点相似。

她的笑容倒是热情的，声音与电话中一模一样随便："照片呢？"

她妹妹把照片递给她。

她随手翻阅了一下，说："拍得不错，明天可以发给报馆。"

"小姐"，我礼貌的问，"我的照片呢？"

"在这里。"她取过手袋，那只手袋的背带几乎要烂了，她整个人都是烂塌塌的。

我取过照片，立刻看了看，可不就是幽谷：阳光灿烂的笑容，整洁大方的仪表，可爱的性格，高贵的身份。

我一颗心落了地。

申小姐说："你的爱人很漂亮。"

这时候我对她又略为惊魂甫定，因此说："谢谢你，我也认为如此。"

说完这话我立刻起身道别，走到门口再回头看一看，申小姐端的十分美艳动人——很多人是不能接近，有很多事是不能细看的。

我连忙开车回家。

淋浴的时候幽谷打电话来查我行踪。我跟她说："戒指取来了，照片也找回来了，明天中午见。"

一切都像什么也没发生过似的。

当晚睡觉，我又做了一个梦，梦见我与幽谷儿孙满堂，白头到老。

我是幸福的。

因为亦舒，我们在一起

亦舒书友会，期待您的加入……

真诚感谢您购买本书，请您将本卡片背面各栏填写后，通过以下方式申请加入亦舒书友会。

① 通过扫描下方微信二维码，加关注，并将卡片详细内容，发送至“亦舒•品读”微信，申请加入亦舒书友会。

② 通过电子邮件，将卡片详细内容发送至yishushuyouhui@163.com申请加入亦舒书友会。

③ 通过邮寄方式，将本卡片寄回我公司地址，申请加入亦舒书友会。

成为亦舒书友会会员，您将：

* 第一时间接收到亦舒新书出版信息，了解亦舒新书动态
* 我们将定期抽取幸运会员，赠送精美礼品（亦舒精美书签、语录、卡片……）
* 参与所在城市亦舒品读交流活动，和广大亦舒迷一起座谈，分享……
* 有机会参与亦舒签名售书活动，与亦舒面对面交流

亦舒书友会会员登记卡

请您认真填写以下每一栏

* 姓　　名：________________

* 性　　别：□男　□女

* 出生年月：________________

* 学　　历：□高中及高中以下　□专科或大学　□研究生以上

* 职　　业：□学生　□资讯　□传播　□行销　□服务　□金融　□自由　□其他

* E-mail：________________

* 联系电话：________________

* 地　　址：________________

* 邮　　编：________________

* 您购买的书名：________________

* 您读亦舒有多久：________________

* 最喜欢的亦舒作品：________________

* 最爱亦舒的一句话：________________

* 喜欢亦舒的原因：________________

* 您从何处得知本书消息：□书店　□网络　□报纸　□杂志　□他人推荐　□其他

* 购买方式：

（1）书店：________省________市________书店

（2）网上购买：________________网

（3）其他：________________

* 您的建议：________________

____

和元文化
Heyuan Culture Company

北京和元文化传播有限责任公司

北京红书坊文化发展有限公司

电话：010 84064770

传真：010 84064770

E-mail：hongshufang@vip.sina.com

地址：北京市朝阳区幸福村中路锦绣园A座1205室

邮编：100027